KB119844

오늘의
파도를
잡아

오늘의

파도를

잡아

서핑하는 카피라이터,
현혜원이 발견한 행복의 감각

글·사진 현혜원

위즈덤하우스

오늘 이 바다에서 나에게 가장
즐겁고 아름다운 파도를 우리는
'오늘의 파도'라 부른다.
삶이란 파도 위에서 반짝이는 당신에게
오늘의 파도가 다가가길.
이를 잡고 힘차게 일어서길.

발자국은 마음이 기댄 곳으로 향한다

느린 숨을 내쉰다. 심장의 소란은 쉽게 가라앉지 않는다. 서핑을 시작한 지 7년이란 시간이 흘렀는데도 바다에 들어가기 전이면 어김없이 가슴이 두근거린다. 아무런 사고 없이 잘 타야 한다는 부담과 당장이라도 뛰어들고 싶은 충동이 뒤섞인 상태. 긴장을 풀기 위해 손목과 발목, 어깨, 허리, 무릎을 차례로 풀어보지만 소용없다. 여전히 빠르게 뛰는 마음은 온통 바다로 기울고, 발자국은 결국 마음이 기댄 곳으로 향한다.

코로나의 등장으로 지구인 모두가 혼란한 속에서 나는 확신에 차 있다. 남은 생애 동안 바다와 함께할 것이며 어둠 속에서도 푸른 일렁임을 발견할 것이다. 이건 큰 사고를 당한 것과 같다. 삶 통째로 서핑이라는 존재에 치였고, 일상의 거대한 흐름부터 사소한 습관까지 예상치 못한 방향으로 흐르는 중이다. 사고의 스케일로 따지면 한 사람의 인생 정도랄까……. 세계 어느 보험사에도 '삶의 계획 보장 보험'이란 건 없으니 보상을 받거나 제자리로 돌아갈 방법은 없어 보인다. 그렇군. 오히려 좋다. 나름 치열하게 세워온 일들이 어긋났다는 데 다행과 안도를 넘어 감사함을 느낀다니 묘하게 운 좋은 삶이다. 서핑을 시작한 뒤 알게 된 이들은 나의 과거를 상상하지 못하며, 오래전 만났던 이들은 오늘의 모습을 알아보질 못한다. 그들을 보며 가늠할 수 없던 변화의 크기를 구체적으로 마주한다. 기쁨을 감추기가 어렵다.

그동안 일어난 일에 대해 많은 질문을 받았다. 과정을 기록한 글과 사진, 그림이 있어 다행이었다. 바다에서 나눈 대화나 마주한 풍경은 언제나 도시보다 반짝였고 나름의 방식으로 나를 변화시켰다. 이를 책으로 옮기겠단 결심은 나의 기록을 보며 위안받았다는 다정한 메시지에서 시작했다. 자신의 삶에도 어떤 사고가 일어나길 바라는 사람들, 변화에 박수와 응원을 보내는 사람들, 혹은 이미 같은 일을 겪은 사람들. 인간이란 모두 다르지만 어딘가는 닮아 있다. 그 닮은 구석에 조금이라도 닿아 서로를 다독이고 안도하는 마음으로 이끌 수 있다면 이 책은 존재의 소임을 다하는 것일 테다.

서핑으로 이끈 삶의 모든 우연과 앞에 펼쳐졌던 풍경들 그리고 그 시간을 함께해준 이들에게 사랑을 담아 감사의 인사를 남겨본다. 거대한 지구에 그대들과 일렁일 수 있어 더없이 좋다. 나도 당신에게 그런 존재가 되고 싶다.

차
례

타자,

저 파도

신이 존재한다면 지금의 풍경은 그가 필터를 씌운 걸 거야. 그들의 SNS에 올리기 위해서겠지. 우습지만 그렇지 않고서야 존재할 리 없는 분홍빛 공기, 서로를 닮은 질감으로 물든 하늘과 바다, 수면 위에 앉아 지구의 끝을 바라보며 파도를 기다리는 우리. 현실감 없는 이곳은 고요하고 말로 설명할 수 없는 평화가 몰려온다. 해와 땅이 가까워지면 바람이 잦아든다. 학창 시절 지구과학 시간에 들었다면 귓등으로도 듣지 않았을 자연의 법칙이 지금의 나를 깊어지게 만든다. 가늠할 수도 없는 먼 바다에서 태어난 파도가 흔들림 없이 다가오는 것이 보인다. 보드를 해변을 향해 돌린다. 타자, 저 파도.

　　사람들은 고난과 역경을 파도에 곧잘 비유하곤 한다. 결혼
식 주례 혹은 서약과 같은 것들에서 '파도를 함께 이겨내자',
'파도를 헤쳐나가자'와 같은 이야기를 들을 때마다 그의 억울
함을 생각한다. 저들의 이야기는 맞기도 하지만 틀리기도 해.
너와 충분한 시간을 보내지 않았으니까 마음에 담지 마. 그리
고 새로운 문장을 중얼거린다. '파도와 함께하자', '파도를 받
아들이자', '설령 그것이 바다에서 마주하는 파도가 아니라 삶
에 다가오는 고난을 의미하는 것일지라도 타자, 그 파도'.

서핑을 하다 보면 거친 바다를 마주할 때가 있다. 그런 날이면 파도를 타는 것도 어렵지만, 그 거침을 넘어 라인업*으로 나가는 것이 더 힘들다. 아무리 팔을 저어도 앞으로 나아가지 않을 때, 자꾸만 부서지는 거품에 다시 떠밀려갈 때, 꾸역꾸역 소금물을 뱉어내며 겨우 숨을 쉬는데 산과 같은 파도가 눈앞에서 절벽처럼 가팔라지는 모습을 볼 때, 연어를 떠올린다. 나는 왜 이곳을 거꾸로 오르고 있는가. 함께 출발한 다른 연어는 잘도 올라가 다음 파도를 기다리는데, 왜 아직 여기인가. 어떻게 갈망하는 것이 동시에 나를 힘들게 할 수 있는 것일까. 어쩌면 사람들의 비유는 진실일지도 모른다.

다만, 그럼에도 해변으로 돌아가는 것을 선택지에 두지 않았을 때 많은 것이 달라진다. 바다가 잠잠해지는 틈을 타 앞으로 나아가거나 조류의 흐름을 발견하고 몸을 맡기다 보면 원하던 지점에 도착하는 순간이 결국 오고야 마는 것이다. 그리고 방금 전까지 덮쳐오던 파도가 다정하게 반겨주고 나는 그 위에 올라선다. 부드럽고도 힘차게 밀어주는 파도의 속도에

※   깨지지 않은 상태의 파도를 탈 수 있는 바다 한가운데. 바다를 봤을 때 서퍼들이 몰려 떠 있는 곳이다.

맞춰 유영한다. 질문이 바뀐다. 어떻게 나를 멈추게 하던 것이 동시에 나아가게 할 수 있는 것일까.

　도시에서도 이런 일은 흔히 일어난다. 우리는 앞으로 나아가지 못하거나, 절벽을 보거나, 앞선 다른 이와 자기를 비교하기도 하지만 결국 무언가를 이뤄내기도 한다. 많은 서퍼는 말한다. 서핑은 인생과 닮았다고. 파도는 고난 그 이상의 것을 의미하며 그 지점에서 삶과 같은 것이 밀려온다고. 사소한 것에서도 의미를 찾는 것이 직업인 사람에게 그 연결고리를 찾는 건 어렵지 않다. 그리고 그것이 나와 서핑을 단단히 이어놓아주지 않는다.

　나에게 서핑 이야기를 청하는 사람들이 맞이하는 가장 큰 당혹스러움은, 멋있고 화려한 레저 스포츠 후기를 기대했으나 소주 세 병은 먹고 나눌 법한 인생 이야기가 돌아온다는 점이다. 이 책을 펼쳐 든 당신도 이쯤이면 아차 싶을지도 모르겠다만 모른 척할 심산이다.

　우린 모두 태어나버렸다. 우리의 뜻과는 상관없는 일이었지만 그 뜻을 찾는 건 태어나는 순간부터 각자의 몫이 되었다.

서핑을 만나기 전까지 나는 그 뜻을 타인의 시선과 평가, 기준에서 찾곤 했다. 삶의 뜻이 타인에게 있을 리 만무하니 어딘가 공허했던 건 당연한 이치다. 오늘의 나는 바다에 앉아 오직 파도와 자신에게만 집중하는 시간을 갖는다. 아이디어 회의도, 기발한 카피 한 줄도, 회사의 평가도 그곳에만 도착하면 한순간에 사라진다. 업무나 인간관계 등 다른 생각을 하는 날엔 서핑을 엉망으로 하게 되니 자연스럽게 생각을 비운다.

사실 파도 위에 실제로 올라서는 시간은 별로 길지 않다. 서퍼는 아주 많은 기다림의 시간을 바다 위에서 보낸다. 스포츠라기보다는 명상을 하고 있단 표현이 맞을지도 모르겠다. 온 우주에 파도와 나만 남은 것같이 침잠하는 시간과 공간에서 처음으로 내면을 마주할 여유를 얻었고, '삶의 뜻'이란 것이 그 안에서 기다리고 있다는 걸 어렴풋이 알 수 있었다. 그때 결심했다.

그래, 삶의 끝에 도착하는 그날까지 파도를 타자.

두고 보자,
이거 없이 살 수 없는 날이 올 거다

처음 맥주를 마신 건 열한 살 때였다. 할머니 댁 마루에 온 가족이 모여 식사하던 날, 아빠에겐 형제가 많았고 그 형제들도 자식이 꽤 많았기에 낡은 제주의 집은 눈을 두는 곳마다 사람이 모여 있었다. 모든 사촌 형제와 한 동네에서 함께 자라난 우리에게 가족 모두가 모여 식사하는 것은 딱히 특별한 이벤트가 아니었다. 명절이나 제사가 아니더라도 누군가 닭이나 소, 말 등을 잡는 날이면 나눠 먹거나, 생각나면 불러내 놀았기 때문이다. 그날도 무슨 동물을 잡아 몸보신하는 날이었다.

식사가 어느 정도 끝나 아이들은 옆방으로 몰려가 놀고 있는데, 나는 어른들과 함께 마루에 앉아 고모부를 빤히 쳐다보고 있다. 커다란 목젖을 움직이며 맥주를 꼴깍꼴깍 마시는 그의 모습에서 눈이 떨어지지 않는다. 저 술이란 것이 얼마나 맛있길래 만면에 미소를 띤 채로, 잔을 끝낼 때마다 감탄사를 캬- 내뱉는 것일까. 11년 인생 중 가장 좋아하는 밀키스를 마셔도 저렇게 감탄한 적 없었다. 반복할 수 있는 감탄이라는 건 어떤 기분일까. 참을 수 없는 호기심에 목젖이 그를 따라 꿀렁거렸다.

"나도 마실래!"

어른들의 시선이 몰렸다. 긴장된 마음에 내장까지 간지러웠지만 호기로움을 거두지 않았고 고모부는 맥주를 따른 잔을 쓱 내밀었다. 결의에 찬 외침이 무색하도록 거리낌 없이 기회가 주어졌다. 웃고 있는 엄마와 아빠 그리고 어른들의 표정에서 '어디 한번 해보시지'라는 메시지를 읽은 나는 고모부 흉내를 내며 호기심과 맥주를 동시에 꿀꺽꿀꺽 들이켰다. 마시기 직전까지도 무슨 맛을 기대하고 있는지 스스로도 알 수 없었다. 쓰고 텁텁한 오줌 같은 맛이 혀끝부터 올라왔다. 캬- 대신 인상을 잔뜩 찡그리며 잔을 내려놓았다. 그리고 단호하게 선언했다.

"어른이 돼도 평생 맥주를 마실 일은 없을 거야."

"그래? 두고 보자. 이거 없이 살 수 없는 날이 올 거다."

고모부는 묘한 표정으로 피식 웃었다. 그의 말이 사실임을 직감했던 걸까, 그 묘한 표정이 뇌리에 박혀 아직도 맥주를 마실 때 종종 그 문장을 떠올린다. '두고 보자.' 맥주가 맛있을수록 더욱 생각난다. '이거 없이 살 수 없는 날이 올 거다.' 생각해보면 어릴 적엔 맥주 외에도 "아빠와 결혼할 거야"와 같이 미래를 단정 짓는 일이 많았다. 그러나 어른이 되어보니 가장 좋아하는 술은 맥주고, 안타깝게도 아빠와는 결혼할 수 없다(하지만 현재, 아빠의 젊은 날을 쏙 빼닮은 남자와 사랑하는 중이니 기묘한 일이다).

다행히 맥주와 결혼 선언은 어찌어찌 무마되었으나, 미래를 단정 짓는 일이란 꽤나 위험하다. 자신에 대한 것이든 세상을 향한 것이든 상관없이 그 행위엔 새로운 시도를 막는 묘한 힘이 있기 때문이다. 특히 어른이 되어 내리는 단정은 신념이자 방어기제다. 의식하지 못한 사이에 가능성을 묶어버린다. 이 부분에서 우리에겐 질문이 필요하다. 그 수많은 단정의 문장을 넘어 선택을 한다면, 심지어 그 선택이 기쁨을 준다면 파급력은 과연 얼마큼일까. 정해진 길에서 얻던 기쁨과는 감정의 크기도, 삶에 미치는 영향도 차원도 완벽하게 다르지 않을까. 어쩌면 지금까지 살아오던 방식을 한순간에 바꿔버리고 다른 행동을 하게 만드는 큰 사건이 될지도 모른다.

영화평론가 이동진 님은 그러한 것을 '사랑'이라 말했다.

그렇다. 나는 파도와 서핑에게 개인 인생의 역사를 거스르는 사랑에 빠져 있다. 지금 당신이 읽고 있는 책은 사실 로맨스물이다. 서점에 '사랑'이란 섹션이 있다면 이 책은 그곳에 꽂혀야 한다. 지독한 사랑에 빠진 나는 거듭된 야근으로 피곤하더라도 서핑을 위해서라면 주말마다 바다로 달려가며 새벽 4시가 되더라도 눈을 뜬다. 알람을 여러 개 준비할 필요도 없다. 단 한 번에 번쩍, 눈을 뜬다. 절대 있을 수 없던 일이다.

중고등 시절 내내 나는 잠이 많은 것으로 전교에서 유명했다. 별명은 '곰탱이'(어릴 적 별명은 참 직관적이다). 국어 선생님이 그 별명을 하사한 뒤로 6년 동안 인간이 되지 못했다. 그리고 수능 전날의 종례 시간, 담임선생님이 큰 한숨을 내쉬었다.

"걱정이다. 곰탱이가 내일 뉴스에 나올까 봐 걱정이야."

"제가…… 왜요?"

"늦잠을 잔 곰탱이가 경찰차를 타고 미친 듯 달렸지만 정

문에 막혀 눈물을 흘리며 뉴스에 인터뷰를 할까 봐 걱정이
야······. 누구 곰탱이를 집에서 재워줄 사람?"

"저요!"

"그래, 고맙다. 그럼 곰탱이는 오늘 혜진이네 집에 가서 자
는 걸로. 얘들아, 수능 파이팅이다. 이상."

"네??? 아니 잠깐만······ 저는 괜찮은데······요?"

그렇게 수능 전날, 처음 가보는 친구의 집에서 잠을 청했고,
친구 어머님이 싸주신 도시락을 들고 시험장으로 향했다(부
모님은 내가 수능 전날 집에 들어가지 않았다는 사실도, 친구의 집에서
잤단 사실도 전혀 모르셨다. 잊지 못할 이 기억은 수능이 딱히 중요한
이벤트가 아닌 집이라 가능했다). 낯선 방에 누워 눈을 껌뻑거리
며 생각했다. 주변 사람들에게 어떤 걱정을 끼치며 살고 있는
걸까.

친구들은 내가 정상적인 직장 생활을 할 수 없을 거라 생각
했다. 이제 와 생각하건대 출근 시간이 비교적 자유로운 광고
회사를 다니게 된 건 필연임이 분명하다. 부모님은 내가 직장인
10년 차에 접어든 것을 보며 기적이라 말한다. 이토록 심각했
던 내가 파도를 타기 위해 새벽이면 눈을 뜨다니. 취미 하나가
인생을 지배하던 습관을 바꿔버린 것이다.

단정의 문장을 넘어

서핑을 만나 이겨낸 건 비단 잠뿐이 아니다. 수영을 하지 못해서 혹은 물이 무서워서 서핑을 시도하지 못한다는 이야기를 지인들로부터 종종 듣는다. 그럴 때마다 나의 대답은 항상 같다.

"저도 수영할 줄 몰랐어요. 물도 무서웠고요. 하지만 이제 괜찮아요."

꿈일까 싶을 만큼 어렴풋한 기억. 아니, 정말로 꿈일지도 모를 만큼 먹먹한 어린 시절, 엄마와 목욕탕에 있었다. 기억의 시작은 홀로 탕의 가장자리를 걷고 있는 장면이다. 외나무다리 위를 걷듯 조심스레 블록을 밟으며 앞으로 나아가던 중 알 수 없는 이유로 중심을 잃곤 탕으로 낙하했다. 세상 모든 것이 거대했던 그 시절, '탕'이라고 하기엔 너무나 깊은 물속으로 반항도 없이 오래오래 잠겨 들었다. 고요하고 평화로웠다. 마치 깊은 호수에 빠진 듯한 나른함⋯⋯. 점점 멀어지는 수면 위로 여러 사람의 얼굴이 일렁거리고 웅성웅성 소리가 들리더니 곧이어 손 하나가 쑥 들어와 나를 꺼냈다. 엄마와 어른들의 놀란 표정이 보였다. 물 밖으로 나온 뒤 엉엉 울었던 것 같다. 이 장면을 떠올리다 보면 태어나던 순간을 기억하는 걸까 싶기도 하다. 엄마는 그날을 기억하지 못한다.

그 뒤로도 섬에서 자란 아이답게 바다에 몇 번이나 빠지는 일이 있었으나 물을 무서워하게 된 결정적 계기는 초등학생 시절 다이빙 풀에서 일어난 사고였다. 나와 동생은 단둘이서 손을 꼭 잡은 채 셔틀버스를 타고 제주 중산간의 수영장으로 놀러 다니곤 했다. 가방 속엔 언제나 엄마가 싸준 토스트가 들어 있었다. 계란물을 입힌 뒤 무려 설탕을 뿌린 토스트. 물놀이를 한참 하고 나와 탈의실에서 둘이 머리를 맞대고 앉아 그것을 베어 먹는 것은 수영만큼 중요한 이벤트였다.

산속의 수영장은 실내 수영장과 실외 수영장으로 나뉘어 있었고, 실외 수영장은 다이빙대가 있어 아주 깊었다. 초등학생에게는 정말이지 아득한 깊이였다. 나는 수영은 할 줄 몰랐으나 헤엄은 칠 수 있었고, 몇 번의 사고 후에도 물을 좋아하는 근성으로 다이빙대에서 열 번이고 스무 번이고 뛰어내렸다. 깊은 물속으로 빠르게 꽂힌 뒤 수면으로 스르르 올라올 때 피부를 스치는 물결의 간질거림이 좋았다. 너무 어려 깊은 곳에 들어올 수 없던 동생은 그 모습을 바라보며 한참을 기다렸다.

그러던 어느 날, 어김없이 다이빙을 하고 물 위로 올라오는데 갑자기 손 하나가 내 정수리를 움켜쥐더니 물속으로 집어넣기 시작했다. 상황을 파악하기도 전에 정체를 알 수 없는 그에게 머리, 어깨, 팔, 모든 곳이 짓밟혔다. 도저히 벗어날 수 없었다. 숨이 턱 끝까지 차오르자 입이 열렸고 물이 꿀꺽꿀꺽 들어왔다. 상대의 손톱이 얼굴과 몸을 마구 할퀴었다. 정신이 흐릿해질수록 죽음의 공포는 선명해졌다. 절박하게 팔을 휘저어 밀어내려 했지만 역부족이었다.

수십 년이 지난 지금도 선명한 그날의 두려움은 나를 짓밟던 이가 누군가에 의해 건져지고 나서야 끝났다. 필사적으로 수면 위로 올라와 벽을 붙잡고 물을 끄윽끄윽 토했다. 위를 보니 중학생쯤으로 보이는 언니가 친구들에게 둘러싸인 채 나와 같은 얼굴로 울고 있었다. 수영장 깊이를 전혀 모르던 상태

에서 다이빙을 한 모양이고, 물에 빠져 허우적거리던 그녀 옆으로 올라오다 변을 당한 것이다. 어린 동생은 잔뜩 겁먹은 표정으로 울먹이고 있었다. 몸을 덜덜거리며 겨우 올라와 그들을 바라보았다. 힐끔거리기만 할 뿐 사과도 걱정도 돌아오지 않았다. 서럽고 두려웠다. 정말 문장 그대로 죽다가 살아났다. 집으로 돌아가는 셔틀버스에서 동생과 서로의 손을 꼭 잡고 놓지 않았다.

그날 이후로 깊은 물은 두려움의 대상이 되었다. 체육시간 수영 시험을 볼 때면 몸이 굳어 도저히 뜰 수 없었다. 수영을 하는 것인지 물에 빠져 허우적거리는 건지 구분 가지 않는다며 친구들이 놀렸고, 속으론 두려움에 떨면서 그들과 함께 웃었다. 만약 내가 사고로 죽는다면 물에 빠져 죽을 거란 두려움이 차올랐다. 요절하고 싶진 않다. 평생 물은 멀리해야지. 바다는 절대 닿을 수 없는 세계다.

이처럼 여러 사건을 겪고 성장하며 많은 확언을 해왔다. '평생 일찍 일어나진 못할 거야'와 '물을 가까이할 일은 없을 거야' 외에도 바쁘다 바빠 현대사회가 나의 장소라 생각한 적 있고, 빌딩 사이를 당당히 걷는 도시 여자를 꿈꿨으며, 자연 속에 머무는 건 노년기에나 있을 일이라 정해둔 적도 있다. 그리고 지금 그 모든 단정을 넘어 할 수 없을 일들을 해내고 있다.

어떤 만남은 미래뿐 아니라 지나간 과거까지 바꾸는 힘이 있다. 좋은 사람을 만나면 과거 싫어하던 자신의 모습까지 사랑하게 되는 것처럼 말이다. 나에겐 서핑이 그러한 만남이다. 할 수 없을 거라며 옭아매던 수많은 단정의 문장 너머 평생을 바치고 싶은 사랑이 있었다.

망각한 자는 복이 있나니

"서핑은 어떻게 시작하게 된 거예요?"

"네? 아…… 뭐, 어쩌다 보니…….."

곤란하다. 또 이 질문이다. 서핑의 시작에 대해 질문하는
이들의 호기심 어린 눈에서 분명 특별한 사건이 있었을 거라
믿는 기대감을 읽곤 한다. 그럴 때마다 미안하다고 소리치며
어디론가 뛰쳐나가고 싶다. 그들의 기대감을 충족시킬 만한
서사가 나에겐 없다. 어떤 특별함은 뻔한 이야기 속에서 탄생
하기도 한다. 대학 시절 운이 좋게도 전공이 적성에 맞았고,
회사에 입사했고, 열심히 달려 도착한 그곳은 끝이 아니라 시

작이었다는 그런 뻔한 이야기.

　다행히 초반엔 회사가 꽤 즐거웠다. 인턴을 여러 번 경험한 덕분에 회사 생활에 대한 환상이 적은 편이었고, 어떤 날엔 회사 복도를 걷다가 '원하던 일을 하고 있어!'라는 생각에 고양되어 큰 보폭으로 힘차게 걷기도 했다. 하지만 그로부터 몇 년이 지났을까, 실체를 확인하지 못한 허무함에 잠식되기 시작했다. 중요한 것이 결여됐단 직감이 들었다. 우리는 대부분 무언가 되고 싶은 꿈을 꾸고 어디엔가 도달하고 싶은 꿈을 꾼다. 그리고 막상 그런 사람이 되고 그런 장소에 도착했을 때 그제야 깨닫는다. 꿈의 방향과 성질이 잘못되어 있었구나. 직업이 꿈이 되어선 안 된다는 명제를 지긋지긋하게 들어왔는데, 역시 나란 인간, 그 상황에 처하기 전까지는 조언을 귓등으로 흘려듣는 경향이 있다.

　직업의 관점에서 괜찮았던 삶은 전반적으로 '그럭저럭'이란 단어로 수렴되기 시작했다. 일도 뭐 그럭저럭, 취미도 뭐 그럭저럭. 좋지도 나쁘지도 않은 상황이 지속되었다. 견딜 수 없을 만큼 힘들었다면 살기 위한 방법이라도 찾아 나섰을 텐데, 그러기엔 그럭저럭 괜찮은 삶이라는 것이 혼란스러웠다.

고통받으며 회사를 다니는 친구들을 보면 나의 고민은 사치스러워 보였고 술자리에서 열리는 불행 배틀에서 늘 '제일 잘 지내네'라는 타이틀의 찜찜한 패자였다. 하지만 현재의 고통의 크기와 상관없이 우리에겐 '내가 살고 싶은 미래의 부재'라는 같은 문제가 존재했다. 현재에 발을 제대로 딛고 있지 않은 사람은 미래를 꿈꾸기 힘든 법이다. 단단한 지금의 마음이 단단한 미래를 만들 수 있다.

그렇게 삶의 방향을 상실한 채 그럭저럭 살아갈 때, 파도를 만났다.

2014년 여름, 나와 언니들에겐 새로운 놀 거리가 필요했다. 회사 같은 팀의 선후배로 만난 우리는 매일 함께 일하고 함께 놀러 다니는 희귀한 관계였다. 새로운 걸 시도하길 좋아하는 공통점 덕분에 대부분의 첫 순간을 함께했으며, 그날도 경험해본 적 없는 놀 거리를 궁리하며 잡지를 뒤적이던 중이었다. 큰 기대감 없이 성큼성큼 종이를 넘기던 손이 여름을 맞은 패션 트렌드와 연예인들의 근황을 빙자한 홍보 인터뷰를 지난 뒤에서야 멈췄다. '서핑이 뜬다!'라는 타이틀 아래 아름

답게 일렁이는 파도를 묘사한 문장과 이국적인 서핑숍의 사진에 눈이 머물렀다. 이런 곳이라면 다시 깊은 바다에 들어갈 수 있을지도 모른다는 막연한 희망이 떠올랐다. 나는 서핑의 처음을 떠올릴 때마다 그 기사를 쓴 에디터의 오늘을 상상한다. 여전히 같은 일을 하고 있을까. 그렇다면 연차가 꽤 쌓였겠네. 서핑이 유행하는 것을 보며 '내가 뜬다고 했지?!'라고 어디선가 의기양양해하고 있진 않을까. 그는 자신의 기사로 인생이 바뀐 사람이 있단 걸 알고 있을까. 혹시나 이 글을 읽게 될까…….

기사를 발견한 바로 그 주말 양양의 죽도 해변으로 향하는 버스에 올랐다. 가는 길 내내 설레는 대화가 끊이질 않았다. 여유로운 알로하 바이브가 넘치는 해변과 해외 영상에서 보던 멋진 파도……. 우리 중 누군가에게 서퍼의 영혼이 들어 있을지도 몰라! 파도 위를 가르는 건 얼마나 즐거울까!

그렇게 한참을 떠들던 우리는 그동안의 기대감과는 전혀 상관없는 황량하고 적막한 시골 바다에 도착했다. 건물도 조명도 몇 개 없이 고요한 곳. 그나마 큰 건물은 찜질방이었음을 짐작케 하는 낡은 시트지가 겨우 붙어 있는 폐건물이었고 나머지는 문을 열었는지 닫았는지 알 수 없을 정도로 가만히 어두웠다. 하늘이 금세 흐려지더니 추적추적 비가 내렸다. 색이 짙어지는 거리에서 흙냄새가 비를 타고 올라왔다. 태풍이 몰려오는 중이었다. 바다에 가며 날씨도 확인하지 않은 바보들의 신난 몸짓은 쭈뼛거림으로 변했다.

흐린 하늘 아래 시작된 첫 서핑. 지금 돌이켜보면 그날의 파도는 꽤 크고 차피*해 입문자에겐 최악이었다. 스펀지 보드는 컨트롤하지 못할 정도로 무거웠고, 노란 머리의 새까만 강사는 하늘에 낀 구름처럼 무뚝뚝했다(그의 이름은 타일러. 이후 애정하는 지인이 되었고 그가 운영하는 서핑숍은 마음의 안식처가 되었지만 어쨌든 첫인상은 엄청났다). 구경하는 이 없이 모래사장은 텅 비었고 비슷한 수준의 사람들이 조난당하듯 파도에 휩쓸려 비명소리가 바다 곳곳에서 난무했다. 지금이야 서핑을 통해 느끼는 마음의 여유를 찬양하고 있으나, 당시엔 짙은 바다의 울렁임이 정신없고 두려울 뿐이었다. 조류에 휩쓸려 먼 바다로 흘러가던 순간, 타일러는 언니들을 챙기느라 나의 표류

※ choppy, 파도가 고르지 못하고 지저분하게 일렁이는 것. 이 단어가 영어라는 사실을 알게 된 건 이 표현을 배우고 한참이 지난 뒤였다.

를 눈치채지 못했던 바로 그 순간, 눈물을 머금으며 속으로 다짐했다. 다시는 서핑을 하지 않으리라.

강렬했던 첫 경험 이후, 실제로 1년 동안 서핑을 시도하지 않았다. 하지만 인간은 망각의 동물이기에 행복하다 했던가. 혼란과 두려움이 흐릿해질 때쯤 언니들과 부산 여행을 떠났고, 바다가 있다는 이유만으로 다시 서핑에 도전하기로 했다. 나는 이때의 결정을 '운명적 재회'라 말한다. 그날 우리는 서핑을 끝낸 뒤 저녁 기차로 서울로 돌아갈 예정이었으나 바다에서 나오자마자 이대로 집에 돌아갈 순 없다고 생각했기 때문이다. 운명이란 그런 것이다. 예정과는 다른 방향으로 흘러가는 것.

이날의 서핑은 처음과 많은 것이 달랐다. 초보자가 타기에 적당한 사이즈의 깨끗한 파도, 하얀 구름이 조금씩 떠 있던 맑은 하늘, 수면에서 반짝이는 빛들, 강사의 구령에 맞춰 일어나는 순간 발밑의 보드는 물살을 가르고 세상은 온통 고요해진다. 얼마 못 가 보드에서 떨어지면 그제야 해변의 북적이는 소리가 귀에 들어오고 기쁨의 몸짓을 한다. 지켜보던 언니들도

강사도 잘했다며 손뼉을 친다. 영원히 붙잡고 싶어지는 찰나였다. 결국 일행 중 한 명인 세영 언니와 함께 하루 더 송정에 남기로 했다. 그녀도 아마 같은 마음에 내린 결정일 것이다.

　다음 날엔 물결도 없이 바다가 잔잔했다. 강사는 우리를 데리고 먼 바다로 나갔다. 수면 위에 앉아 서핑보드의 방향을 바꿔보기도 하고, 아래로 내려와 깊은 바다에 적응하거나 리시※를 당겨 보드를 안전하게 가져오는 시간을 보냈다. 보드가 구명보트 역할을 해줄 것이니 리시로 연결되어 있으면 우리는 안전하다 배웠다. 과거의 나는 가슴 위로 물이 차오르면 숨을 가쁘게 쉬고 앞이 깜깜해지곤 했는데 이날만큼은 숨이 점점 깊게 가라앉으며 평온해졌다. 보드 위에 누워 있으면 파란 하늘이 쏟아지고 귓가엔 물결이 부딪혀 찰방거린다. 고개를 돌려보니 눈높이에서 바다가 끝없이 펼쳐진다. 물고기가 하나

※　leash, 서핑보드와 서퍼를 연결하는 끈으로 보통 발목에 묶는다. 처음 서핑이 한국에 들어왔을 때 구명조끼를 입히려는 시도가 있었다고 한다. 한국의 초대 서퍼들이 힘을 모아 이를 막았고, 대신 리시를 반드시 묶는 것으로 합의했다. 해외에서는 리시를 차지 않는 경우도 있지만 한국에서는 해양수상레저법상 리시를 묶지 않는 것은 불법이다. 보드에서 떨어질 때 보드를 잃어버리거나 보드가 날아가 다른 사람을 다치게 할 수도 있으니 모두의 안전을 위해서라도 리시는 반드시 착용하는 것이 좋다.

둘 뛰어오른다. 돌아오는 길에 발견한 작은 물결에서 짧은 파도를 탔다. 그리고 확신했다. 앞으로 이것을 하며 살고 싶다고. 서퍼들 사이에선 이것을 '물뽕 맞았다' 혹은 '물귀신에 홀렸다'고 말한다. 그 표현이 아니고서는 담을 수 없을 만큼 감정적이고 강렬한 순간이기 때문이다.

서핑을 시작하는 사람에게 나는 늘 여러 날의 바다를 가보길 권한다. 단 하루의 경험만으로 서핑에 대한 감정을 단정 짓진 않길 바라기 때문이다. 바다에겐 생각의 가짓수를 넘는 여러 모습이 있고, 그중 어느 순간들은 강렬하게 우리를 사로잡는다. 처음부터 보드 위에서 일어서는 연습만을 할 필요는 없다. 파도가 없는 날엔 마음 편하게 패들링**을 연습하거나 보드와 친해지는 시간만 보내도 좋고, 파도가 적당한 날엔 레벨이 맞는 곳에서 연습을 하거나 날아다니는 서퍼들을 해변에

** paddling, 파도를 타기 위해 엎드려서 양손으로 물을 저어나가는 기술. 연습하기에 가장 지루하지만 파도를 잡기 위해선 필수적으로 필요한 훈련이다. 간혹 패들 때문에 어깨를 다치는 경우가 있는데 그건 올바르지 않은 자세로 패들링을 했기 때문이다. 올바른 패들링은 삼두근과 광배근을 주로 활용한다.

서 지켜보며 미래를 상상해도 좋다. 날이 맑으면 햇살을 즐기고 흐리면 감성에 빠지고 비가 오면 흠뻑 맞으면 된다.

좋아하는 웹툰 중 하나인 「가담항설」에 이런 대사가 있다.
"사람은 그렇게 잠깐 보고 판단하는 게 아니야. 항상 좋아 보이는 사람 같은 건 없어."
"사람에 대한 평가라는 건 원래, 어떤 순간에 마주치느냐에 따라서 달라지는 거 아니겠어요?"
파도도 마찬가지다. 처음 단 한 번의 기억으로 서핑에 다시 도전하지 않았다면 나의 오늘은 어떤 모습일까.

"망각한 자는 복이 있나니, 자신의 실수조차 잊기 때문이다."

그래, 니체가 옳았다. 어쩌면 망각은 단 한 번의 경험으로 모든 걸 판단하지 않기 위해, 그렇게 낯설지만 새로운 세상에 들어가기 위해 인간에게 존재하는 걸지도 모른다. 문을 열기 위해 필요한 용기라는 건 가끔은 판단의 보류에서 출발한다.

지구와 교감하는 일

인생을 바꾸는 것은 모두 막막한 순간에 찾아오는 법일까. 아니면 막막한 순간에 찾아온 사건은 무엇이 됐든 인생을 바꾸는 것일까. '그럭저럭'이란 애매한 단어에 허덕이던 나날에 파도를 타기로 했고, 근래 찾아보기 힘들다는 '일이 즐겁고 삶이 만족스럽다'는 1인이 되었다. 일하지 않는 시간을 충만하게 보내며 삶의 방향성을 찾아가자, 자연스럽게 일하는 시간에 힘이 솟기 시작했다. 사람들은 회사 일도 취미도 모두 열심히 하는 것이 가능하냐고 묻는다. 태양인일 거라 짐작하는 이도 있다. 사상체질 같은 건 잘 모르겠으나 아마도 사랑에서 탄생한 에너지가 삶 전반에 퍼진 것 아닐까. 똑똑한 악당은 영웅에게서 소중한 존재를 건들지 않는다. 그가 얼마나 큰 원동력인지 알기 때문이다. 그리고 이건 영웅뿐 아니라 모든 존재에게 해당하는 클리셰다.

광고회사에서 '성공한(?) 광고인'이라는 꿈을 꾸던 나는 이제 꼬부랑 할머니가 되는 그날까지 서핑을 하며 바다와 더불어 살기를 바란다. 아침 햇살에 충만함을 느끼는 삶, 춤을 추고 싶을 땐 춤을 추고 바람을 맞으며 언제든 바다로 뛰어들 수 있는 삶, 게으름에 죄책감을 느끼지 않고 사소한 하루에 대한 느낌을 이야기로 나누는 삶, 욕심 없이 자연스러운 행복을 느끼며 인생을 온전히 즐기는 그런 삶을 꿈꾼다. 과거에 느꼈던 막막함은 살고 싶은 행복의 구체적인 모양을 알지 못했기 때문에 존재했구나. 스스로가 무엇을 원하는지 알게 되자 그 뒤로는 많은 선택이 쉬워졌다. 그리고 그 대부분은 사회에서의 암묵적 약속과 거리가 멀었고 주변에선 나를 용기 있는 사람으로 보기 시작했다.

참 이상하지. 서핑을 하다 보면 자연스럽게 의식의 흐름이 그렇게 흘러간다. 물질적인 것들에서 마음이 떠난다. 아마 그건 서핑이란 인간의 의지와 상관없이 자연이 허락하지 않으면 성립할 수 없는 존재이기 때문일 것이다. 만약 당신 주변에 서퍼가 있다면 서핑을 위해 직장을 그만두거나, 이사를 하거나, 어떠한 형태로든 새로운 삶을 선택하는 경우를 쉽게 목격할 수 있다. 산도 땅도 바다도 전부 한자리에 움직이지 않고 있는데, 파도만큼은 머무르는 존재가 아니다. 밀당에도 신이 존재한다면 분명 파도의 신과 겸하고 있을 것이다. 자연은 우리의 욕망과는 상관없이 정해진 수순과 흐름대로 움직인다. 때문에 자비롭고도 무자비하다. 파도가 작으면 작은 대로, 크면 큰 대로 인간이 할 수 있는 건 존재하지 않는다. 그저 이 사실을 인정하고 그들과 가장 가까운 곳에서 그들의 흐름에 따르는 수밖에 없다.

파도가 흉년이던 가을이 있었다. 잔잔한 바다에 대한 속상함을 달래기 위해 가장 애정하는 펍인 스톤피쉬로 향했다. 죽도해변에서 인구해변으로 넘어가는 길목인 삼거리 코너에 존재하는, 위치마저 완벽한 공간. 어둑한 조명에 강렬한 그림들이 벽을 가득 채우고 있는 그곳은 피부가 까맣지 않으면 들어갈 수 없을지도 모른단 생각이 들 만큼 새까만 사람들로 가득하다. 여름이면 누군가 기타나 피아노를 연주하는 곳, 술과 대

화를 나누다 보면 어느새 아침을 맞이하던 곳, 나의 만취한 흑역사가 가득 뿌려져 있는 곳. 입구를 드르륵 열자 약속하지 않아도 만나게 되는 지인들이 소파에 가득 앉아 있다. 자연스럽게 옆에 앉아 늘 마시던 롱아일랜드 아이스티와 황태 크리스피를 주문했다.

일명 '파도 요정'(그가 나타나면 파도가 있다는 뜻. 나는 그와 정반대로 내가 나타나면 파도가 사라진다는 '장판 요정'으로 꽤 오래 불렸다)으로 불리는 부러운 별명의 소유자가 조금 취한 눈으로 말했다.

"지금 파도가 없는 건…… 엘니뇨와 라니냐의 주기 변화 때문이야."

"진짜?"

"아마도. 파도 흉년과 풍년이 몇 년 주기로 오고 있거든. 잘은 모르지만 어쨌든 지구의 흐름 탓이야, 이건. 우리가 어쩔 수 있는 일이 아니란 거지. 그러니까 이럴 땐 마시면 돼."

그와 잔을 부딪치고 요즘의 장판이 나 때문이 아니란 사실에 안도하며 새삼 지구의 흐름에서 태어나고 변화하는 파도를 생각했다. 지구 반대편의 작은 바람이, 작은 물결이 온 지구를 돌아 눈앞에 부서지고 그 위를 달린다니 생각만으로도 거대한 일이다. 겨우 취미 하나를 이야기하는데 엘니뇨, 라니냐와 같은 지구의 흐름이 거론된다. 서핑은 내가 지구와 교감하고 있다는 가장 구체적인 증거였다.

바다를 좋아하는 사람이라면 파도에 몸을 맡기고 놀아본 기억이 있을 것이다. 지구 어딘가에서 시작한 일렁임의 끝에서 우린 꺄르르 휩쓸린다. 해변에서 파도를 바라보았을 때와, 바닷속에서 파도를 마주했을 때의 느낌은 전혀 다르다. 멀리서 바라보는 파도는 소설 제목에서 말하듯 그저 바다의 일이기에, 나와는 전혀 상관없이 일렁이고 부서지는 자연의 반복처럼 느껴진다. 하지만 바닷속에서 마주한 그것은 전혀 다르다. 모양도 크기도 속도도 제각각인 파도는 나를 향해 자상하게 다가오기도, 무섭게 달려들기도 한다. 백 개의 파도는 모두 백 개의 모습을 하고 있는 바다의 감정이자 생명력의 증거라는 걸, 섬에서 태어난 지 수십 년이 지나 파도를 직접 마주하고 나서야 알아차렸다.

부산의 송정해변을 산책하던 날, 수십 개의 파도를 놓치던 이가 작은 파도 위에 올라서는 장면을 목격한 적 있다. 그 순간 그녀 얼굴에 퍼진 환희를 아직도 선명히 기억한다. 사실 파

도라고 부르기도 어려운 작은 물결 위, 5초도 되지 않는 시간이었지만 지구와 어우러져 새로운 단계로 넘어가는 순간이었을 거라 어렴풋이 짐작했다. 나 역시 저것으로 인해 앞으로도 서핑을 떠나지 못하겠지. 꼬부랑 할머니가 돼도 바다를 꿈꾸게 하는 마음이 지구의 흐름에 따라 파도에 실려 밀려온다. 우리는 그 위를 달린다. 살아가며 경험할 수 있는 가장 거대한 존재와 교감하며.

하루에도 몇 번이나 자연에 감탄하는 사람이 되었다.
평생 지나왔던 시간이나 날씨도 이곳에선 새삼스럽게 느껴진다.
속도와 형태, 온도 같은 것들이 섬세하게 다가온다.
도시에서는 보지 못했던 이토록 많은 하늘의 색이라니…….
매 계절 매 주말 바다 위에 떠 있으면 햇살이, 바람이, 파도가, 하늘의 색이,
갈매기들의 수가, 구름의 모양이, 공기의 질량이 각기 다르게 아름답다.
그리고 우린 파도를 타며 그 사이를 가로지른다.
안타깝게도 그 벅찬 감각을 온전히 설명할 길이 없지만
어느 프로 서퍼가 말했다. 서핑은 설명할 수 없단 이유만으로
'빼킹 어썸'한 거라고. 오랫동안 파도를 탈수록
우리는 더 깊게 바다에 빠져든다.

타일러와 함께 파도를 기다리던 중, 그가 말했다.
"넌 보드를 타는 게 아니라 파도를 타는 거야.
보드를 어떻게 해야겠다는 생각을 하기 전에 다가오는 파도,
내가 올라선 파도를 이해하고 느끼는 게 중요해."
살다 보면 목적과 수단을 혼동하는 순간이 온다.
그때 잠시 멈춰 서서 생각해보려고 한다.

'지금 이것은 나에게 파도인가, 혹은 그 위의 보드인가.'

2

바다의

계절은

천천히 흐른다

"난 요즘 젊은 사람들이 안타까워.
꽃 피는 순서를 모르잖아. 온난화 탓이지."

꽃 피는 순서를 외던 택시 기사님을 만난 적 있다.
"봄꽃의 시작은 동백이야. 겨울부터 피거든. 뒤이어 산수
유 꽃이 피고 진달래, 개나리가 피지. 벚꽃은 그다음이야."
마침 봄꽃 핀 남산을 지나던 중이었고, 기사님의 이야길 들
으며 창밖에 어떤 꽃이 피어 있는지 바삐 훑어보며 자연과의
거리감을 깨달았다. 꽃의 순서 같은 건 사무실에서 대부분의
시간을 보내는 직장인으로선 알 수 없는 계절의 흐름이다. 일

을 하다 문득 정신을 차려서야 '아! 어느새 해가 졌네?', '어느 새 가을이네' 하는 식이기 때문이다. 건물 속에선 계절이 멈춘 다. 늘 적정 온도 언저리에 머물러 있다.

서핑을 시작하곤 계절의 흐름이나 변화에 민감해졌다. 주 말마다 바다로 향하는 덕분에 그때그때 계절에 해가 언제 뜨 고 언제 지는지를 이야기할 수 있다. 요즘의 바다 수온은 어떤 지, 요즘의 하늘색은 어떤지, 다음 계절이 어느 지역까지 왔는 지, 이번 주말 바람은 어디서 얼마나 불어오는지도 이야기할 수 있다. 해가 뜰 때부터 질 때까지 서핑을 하며, 수온에 따라 슈트를 정하고, 바람에 따라 파도를 예상하며, 도시에선 통 보 지 않는 하늘을 주말마다 찾는 바다 위에서는 원 없이 바라보 기 때문이다.

바다의 시간은 육지와 다르게 흐른다. 물과 땅이 데워지고 식혀지는 시간 차 때문일까? 바다는 약 두 달 정도 천천히 계 절을 맞이한다. 한여름 뜨거운 햇살을 맞으며 뛰어든 바다의 차가운 수온에 온몸이 저릿했던 경험을 해본 적 있을 것이다. 이 계절의 시간 차 덕분에 서퍼는 공기가 차가운 겨울에도 가 을 수온에서 서핑을 하고, 물이 차가워질 때면 봄 햇살에 몸을 녹이며 사계절 내내 서핑을 한다.

사람은 각자 나름의 방식으로 계절의 변화를 감지한다. 누군가는 꽃 피는 순서에서, 아침 지하철 승객들의 달라진 옷차림에서, 먹고 싶은 메뉴의 변화에서, 옆구리의 시림 정도에서 계절을 느낀다. 그리고 서퍼의 계절은 바다의 변화에서 찾아온다.

여름: 행복의 범주

"나는 하지_{夏至}가 다가오면 너무 슬퍼."

하지를 며칠 앞두고 병국 시디[※]님이 말했다.

"왜요?"

"그날이 지나면 낮이 짧아지는 일밖에 남지 않은 거니까."

이 대화를 나누고 며칠 후 나는 조금 슬퍼졌다. 낮이 짧아지는 속도만큼 바다에서 일찍 나와야 했고, 시끌벅적했던 여름에 조금씩 고요가 스며드는 것을 느꼈기 때문이다. 시디님의 이야기가 없었다면 자연스럽게 떠나보냈을 것을, 괜히 여

※   'Creative Director'의 약자. 보통은 광고회사 제작팀의 팀장을 맡는다.

름을 잃어가는 기분이 든다며 SNS에 남겼더니 댓글이 달렸다.

'여름은 아무리 길어도 짧다.'

그래, 신기하지. 지난겨울은 그렇게도 길더니 여름은 순식간이다. 그 찰나의 쨍한 햇빛과 소란, 덥다가도 시원한 바람이 불어오는 여름밤, 왁자지껄함, 기타 소리, 시원한 맥주, 누군가는 꼭 피워 올리는 밤 해변의 불꽃, 알딸딸했던 기분들이 자꾸 끝나지 않는 여름을 꿈꾸게 한다.

여름이 시작되면 나는 주말마다 제주로 향한다. 태어나고 자란 고향이자, 연인과 가족 그리고 멋진 파도가 있는 곳. 여름은 하루가 가장 빠르게 시작되는 계절이지만, 해보다 먼저 눈을 뜨고는 북쪽의 집에서 파도가 있는 남쪽의 중문으로 달려간다. 길의 끝엔 건물도 없이 하늘과 바다가 전부다. 바다가 보일 때마다 "바다다!"라고 소리친다.

연인이자 서핑 메이트인 기수가 웃으며 물었다.

"여기서 태어났잖아. 그래도 그렇게 매번 좋아?"

"응. 매번 새롭게 좋아할 수 있단 감정이 나도 신기해."

어릴 적, '황금 마티즈'란 출처 불명의 게임이 있었다. 길을 가다가 먼저 발견하고 "황마!"라고 외치는 사람이 이기는 게임. 바다가 눈에 들어올 때마다 황금 마티즈를 발견하는 기분이다. 희소하고, 행운 같고, 오늘이 더 특별해질 거라 말해주는 것 같은 기분. 지금 우리는 바다로 달려가고 있는 중인데도 당장 달려가 뛰어들고 싶어진다. 맥주를 마시며 매번 감탄하는 고모부의 마음이 이랬을까.

나의 "바다다!"는 제주시에서 서귀포로 넘어가는 평화로의 끝자락에서 가장 크게 울려 퍼진다. 새벽의 해무 사이로 오름에선 흔히 볼 수 없는 깎아지른 암벽의 산방산이 해를 기다리고 있다. 각진 그의 외곽선 뒤론 바다가 끝없이 펼쳐져 있는데, 이 시간엔 하늘과 바다의 경계가 명확하지 않아 그 끝없음이 더 무한하게 느껴진다. 우리의 머리 위까지 어쩌면 바다였을지도 모른다.

중문에 도착했다. 아직 해가 온전히 뜨지도 않았는데 주차장엔 서퍼들의 차가 가득하다. 왜 남들은 항상 나보다 부지런할까? 차에서 보드를 주섬주섬 내리고 옷을 벗는다. 공공장소에서 옷을 완전히 벗어버리는 것에 언제부터인가 익숙해졌다. 수영복과 속옷은 생김새도 비슷한데 역할이 다르단 이유만으로 노출의 가능 여부가 달라진다니 사람 마음이란 참 재밌다.

여름이 기다려지는 가장 큰 이유는 이 수영복 때문일지도 모른다. 몸이 자유로워질수록 바다에서의 움직임도 마음도 자유로워진다. 서핑을 시작한 뒤로 가능한 한 최소한의 것을 몸에 걸치려 한다. 훌렁훌렁 옷을 벗을 때마다 뚱뚱하고 못난 몸이 부끄럽다며 가리기에 급급했던 과거의 내가 떠오른다. 그 생각도 훌렁훌렁 벗어버린다. 얼굴부터 몸까지 선크림을 잔뜩 바르고 양갈래 머리를 총총 묶고선 서둘러 해변가로 내려갔다. 아무리 빠르게 움직여도 이미 바다엔 많은 사람이 떠 있다. 하지만 이게 할 수 있는 최선의 부지런함이었어. 투덜거림인지 자기 위안인지 알 수 없는 말을 중얼거리며 발을 담근다.

육지의 당신에게 알려주고 싶은 사실 하나, 바다에서의 시간은 정말이지 빠르게 흐른다. 파도를 기다리고 타는 것만을 반복했는데 한 시간씩 흐른 뒤다. 해가 어느새 정수리까지 올라온다. 해변은 서핑을 배우기 위해 온 사람들과 우리를 구경하는 관광객으로 북적인다. 햇빛이 어찌나 강한지 이마와 머리카락의 경계나 등골과 날갯죽지 같은 곳에서 땀이 흐르고, 그 찝찝함은 영 익숙해지기가 어렵다. 파도를 기다리는 시간이 길어지자 바닷물을 몸 위에 끼얹어보기도 하고 풍덩 빠져도 본다. 고개를 돌려 해변을 바라보았다. 사람들의 웃음소리나 서핑 강사들의 구령 소리 같은 게 멀리서 날아온다. 시간의 막이 껴 있는 것처럼 흐릿하다. 거대한 중문 절벽 아래 조그마한 사람들, 눈앞에 있는 광경인데 마치 몇 년 전 기억인 듯 아득하다.

아, 행복해.

행복한 만큼 몸이 까맣게 변해간다. 그을린 피부에 손을 대니 열기가 느껴진다. 온몸으로 태양을 맞이했구나! 햇빛이 몸 안에 가득 스며들어, 지금 바늘로 찌른다면 따스함과 충만함이 흘러나올 것이다. 친구는 나를 육즙이 꽉 차 곧 터질 듯한, 노릇노릇 잘 익은 비엔나소시지 같다고 묘사한다. 살면서 이렇게까지 행복이란 개념이 명확했던 적 있었던가. 행복이란 감정을 장소로 표현해야 한다면 서퍼에게는 '좋은 파도가 있는 곳'이 될 것이다. 그 장소에만 찾아간다면 행복이 존재한다니 삶의 엄청난 비밀을 찾아낸 걸지도 모르겠다.

서핑을 시작한 건 직장에 들어오고 2~3년 차에 접어들 무렵이었다. 광고회사에 다니는 것은 (미리 각오를 했음에도) 정신적으로도 체력적으로도 어려운 일이었다. 사람들이 생각하는 것처럼 재밌는 아이디어를 나누는 개방적이고 자유로운 곳이기만 하다면 참 좋겠지만, 그 외에도 광고주의 수치적 목표를 달성시켜주면서도 동시에 기발한 아이디어를, 정해진 예산과 일정 내에 만들어야 하는 숨 막히는 미션들로 가득 차 있다.

그런 연유로 나는 파도가 주는 위안에 절실히 매달렸다. 잠자리에 누우면 천장에 파도가 일렁거릴 정도로 잠식되어 있었다. 쏟아지는 업무에 머리는 과부하에 걸리고 야근에 생명력을 잃다가도 좋은 파도가 있는 곳에 다다르면 갑자기 행복이란 감정이 나를 반겼다. 그리고 다시 다음 주를 살아갈 힘을 선물로 안겨줬다. 그러니 아무리 피곤하더라도 주말이면 바다로 향할 수밖에 없을 일이다. "주중엔 야근하다가 주말까지 돌아다니면 피곤하지 않아요?"라는 질문에는 항상 바보같이 헤헤 웃어버린다. '그곳에 행복이 있어요'라는 말을 하는 건 아무래도 쑥스럽다.

그러던 어느 날, 주말에 파도가 없단 소식에 우울함이 찾아왔다. '파도가 있어야만 행복할 수 있다'라는 전제는 알고 보니 양날의 검이었다. 전국 모든 바다가 잠잠했던 그 주말, 딱히 도시에서도 할 일이 없어 결국 양양으로 향했다. 한껏 풀이 죽은 채로 숍 거실에 늘어져 빈둥거리자 보다 못한 타일러가 다가왔다.

"내일 6시 반까지 나와. 바다 들어가자."

다음 날 아침, 서핑숍 사람들과 함께 서핑보드 위에 부이※와 오리발, 스노클링 장비 등을 올려놓고 먼 바다 적당한 곳에 자리를 잡았다. 나의 첫 프리다이빙이었다. 타일러에게 설명을 듣고 첫 시도에 덕 다이브※※와 줄 잡고 내려가기를 성공했다. 제주의 피, 해녀의 피라며 모두 손뼉을 쳤다. 참으로 영문을 알 수 없다. 서핑을 하기 전엔 수영도 못해 제주도 출신이라 말하기도 민망했던 나인데, 지금은 수영도 할 수 있고 심지어 프리다이빙까지 시도하고 있다니. 아마 바다에 뒹군 몇 년이란 시간 동안 물속에서의 나를 자연스럽게 받아들인 덕분이 아닐까. 우리는 이것을 '물짬'이라 부른다. 물짬이 차면 서핑 실력이 는다던데, 나는 다른 것들이 느는 걸까.

일행이 바다 밑으로 내려가는 동안 카메라를 꺼내 사진을

※　　프리다이빙을 할 때 위치를 고정하기 위해 설치하는 부표.

※※　프리다이빙 입수 기술로, 한 번에 수직으로 깊이 잠수하는 방법.

찍었다. 서퍼들조차 찾지 않은 아침 바다는 고요했고 따스한 햇빛에 꽤 시원한 바람이 불었다. 지금의 온도와 감정이 필름에 담기길 바라며 연신 레버를 돌렸다. 어쩜 바다는 이렇게 모든 순간이 아름다울까. 수면 위에 햇살이 부딪혀 잔물결이 반짝거린다. 얼마 전 저 아이의 이름이 '윤슬'이란 사실을 배웠다. 바다에 떠서 몇 년을 봤는데 이름이 있는 줄 이제야 알았다. 윤슬…… 윤슬…… 윤슬……. 중얼거리다 보면 반짝거리는 이름이 사탕처럼 입안을 굴러다닌다. 나중에 아이를 낳는다면 윤슬이라고 이름을 지어야겠다. 아들이어도 딸이어도 어울릴 것 같아. 아마 이 빛망울처럼 반짝거리는 아이일 거야.

　다이빙을 끝내고 돌아가는 길, 스피커에서 흘러나오는 노래가 좋아 차를 세우고 친구들과 춤을 췄다. 엉덩이를 씰룩거리며 바다에서 보낸 시간 중 오늘이 가장 최고일 거라 생각했다(사실 이 최고의 시간은 얼마 되지 않아 쉽게 갱신됐다. 바다는 늘 새로운 방식으로 나를 행복하게 만든다). 시간이 흘러 내가 사랑하는 대상이 파도를 넘어 바다가 되고 자연이 되자 여유가 생겼다. 바다에서의 모든 놀이가 곧 서핑이라 느껴졌다. 물론 파도 위를 달리는 서핑을 가장 사랑하지만, 그렇지 않더라도 괜찮을 수 있는 법을 배웠다. 행복의 범주가 늘어난 것이다.

우리는 회사에, 일상에, 도시에 어떤 행복을 두고 있을까. 혹시 그 행복의 범주가 그곳에 있지 않는 나를 불행하게 만들진 않을까? 자꾸 여기가 아닌 어딘가로 떠나고 싶게 만드는 건 내가 만든 행복들이 특별한 전제하에 있기 때문일지도 모른다.

얼마 전 첫 서핑을 함께했던 지윤 언니를 만나 근황을 나누던 중 그녀가 말했다.

"요즘 여행에 대한 욕구가 사라졌어."

"왜? 코로나 때문에 포기에 익숙해진 거야?"

"뭐, 시작은 코로나겠지? 해외로 떠나지 못하면서 일상에서 재밌는 걸 많이 찾아냈거든. 그랬더니 여행 생각이 안 나더라. 옛날엔 이곳을 떠나야만 즐겁고 행복했었는데, 오히려 지금은 여행을 떠나기가 망설여질 정도랄까. 일상이 행복하니까 어디론가 떠날 필요를 못 느끼는 거야."

그렇다. 특별한 범주에 놓여 있는 행복도 좋지만 보편적인 행복도 우리의 삶을 영위하는 데 분명 필요하다. 저 대화가 끝나고 나는 가능한 한 많은 장소와 시간에 행복을 심어두기로 했다. 파도가 있어도, 없어도, 도시에 있어도, 바다에 있어도, 날씨가 맑아도, 비가 와도, 여름이어도, 여름 아닌 계절이어도 유지할 수 있는 보편적 행복들……

　태풍이 지나간다. 신기하게도 입추를 기점으로 열대야의 기세가 한풀 꺾였다. 매미는 여전히 시끄럽고 달력의 숫자는 아직 8월이지만, 여름과 가을의 교차점에서 여름에 조금 더 가까운 그 어디쯤이다. 계절은 점층적으로 색이 옅어지고 짙어진다. 일출 서핑은 늦어지고 일몰 서핑은 당겨지는 여름의 끝이다. 그렇게 영원히 더울 것만 같던 날씨도 잦아든다.

가을: 받아들이는 마음

여름 바다의 소란이 가라앉은 2016년 가을, 고민에 잠겼다. 서핑 대회에 나가볼까. 이내 고개를 젓는다. 바다의 모든 시선이 나에게 향한다는 상상만으로도 처음 맥주를 마셨던 그날처럼 내장까지 간지럽다.

사실 대회 혹은 시합이란 단어…… 낯설진 않다. 지금의 회사에 입사했을 때, 나에 대한 기사가 전사 포털 메인에 올라온 적 있다. 우연한 기회로 그룹 신입사원 대표 5인 중 한 명으로 뽑혀 만 명이 넘는 신입사원과 전 계열사 사장단 앞에서 프레젠테이션을 했었는데, 그게 사장님 눈에 들어 개인 인터뷰로 이어진 것이다. 제목이 무려 '우리 팀 신입사원 전직이 격투기 선수?!'였던 그 기사는 아직도 회사의 몇몇 분이 내가 운동 특기생으로 입사했다고 생각할 정도로 파급력이 엄청났고, 지금 이 이야기를 책에 쓰는 것이 맞는지 고민될 정도로 잊고 싶은 기억 중 하나다. '격투기 선수'라는 웃지 못할 오해는 어릴 적 여러 운동을 했고 시합에 나가 메달을 딴 적이 있다는 발언에서 시작됐다. 아직도 어떻게 그 이야기가 그런 문장으로 압축될 수 있는지 이해가 가지 않는다.

어쨌든 그해 가을, '전직 격투기 선수'란 거창한 오해의 타이틀까지 가지고 있는 내가 서핑 대회 출전을 망설였던 건 바로 그 어릴 적의 기억 때문이었다. 운동의 종류는 다양했다. 태권도, 합기도, 공수도, 국무도, 우슈 등 무술 종류라면 무엇이든 했다. 메달은 '국무도'라는 전통 무술 종목에서 땄는데, 주먹과 발로 겨루는 1라운드, 검으로 겨루는 2라운드, 주먹, 발 그리고 검 모두를 사용한 난타전으로 3라운드를 겨루는 특이한 종목이다. 딱히 격투가의 꿈이 있었던 것은 아니다. 시작은 어린 시절 엄마와 함께 동생을 무용 학원에 바래다주던 날. 분홍색 발레복을 입고 총총거리며 뛰어다니는 동생을 보며 생각했다. 참 예쁘다. 나도 저렇게 사랑스럽고 싶다!

동생을 학원에 두고 나오는 길에 엄마를 올려다보며 조심스럽게 말했다.

　"엄마, 나도 무용 할래."

　"너는…… 태권도 하자."

　엄마의 단호함에 당황했던 나는 아직도 그날의 모양을 정확히 기억한다. 하늘은 파랗고 구름은 하얗고 엄마는 신호등을 보며 건널목을 건너기에 바빴다. 그녀와 꼭 잡은 손 너머로 관덕정※이 보였다. 입이 삐죽 나온 채로 고개를 푹 숙였다. 왜 나는 태권도야…….

　결과적으로 봤을 때 나는 태권도 이후로도 여러 무예 종목을 배워 메달을 곧잘 따왔고, 동생은 무용에 재능을 보여 현재는 전문 무용수로서 무용단에 소속되어 있으니 어쩌면 그녀는 당신의 딸들을 꽤 정확히 파악했던 걸지도 모른다. 서운함을 주었던 그날의 단호함이 우리에 대한 이해에서 비롯되었다 생각하면 위로가 된다. 그렇게 우연히 시작한 운동들은 분홍색 혹은 총총거림과는 다른 방향이었으나 결국 유년 시절을 가득 채울 만큼 애정하는 존재가 되었다.

※　제주시 관덕로에 있는 조선시대의 정자.

하지만 운동의 즐거움과 시합은 전혀 별개의 이야기다. 운동을 열심히 하는 것과는 상관없이 시합에는 나가고 싶지 않았다. 기술을 다듬고 스스로 깊어지는 것이면 충분할 텐데, 왜 나의 성장을 타인과 대결하며 알아야 하는 걸까. 경쟁이 아닌 수련을 하면 안 되는 걸까. 시합 날짜가 잡히면 마음이 무거웠다. 그리고 마음 깊은 곳에서는 진실을 알고 있었다. 즐기고 싶다는 순수한 의도를 위해 거부하는 것이 아니라는 걸. 그저 스스로에게 자신감이 없고 사람들 앞에서 망신당하고 싶지 않았을 뿐이라는 걸.

메달을 따도 상황은 여전했다. 처음 메달을 따던 날 아빠가 놀리듯 말했다.

"애걔~ 겨우 몇 명 중 2등?"

"네가 잘한 게 아니라 다른 애들이 못했나 보지."

이 문장들은 그날부터 족쇄처럼 아주 오랜 시간 나를 따라다녔다. 나의 아빠는 장난기 넘치는 귀여운 사람이다. 그런 사람이 큰딸에게 장난친다는 목적으로 말한 저 문장이 하필이면 어린 마음의 선을 넘었던 것이다(이 내용을 책에 적을 테니 각오하시라 이야기했더니 얍! 얍! 하며 당신이 기억하는 나의 발차기를 흉내 내곤 꺄르르 웃는다. 아아, 해맑은 아빠여).

이러한 사정으로 몇 번이나 메달을 따더라도 자꾸만 '출전 선수가 적어서' 혹은 '겨우', '별일 아닌 것', '우연히'라는 이유를 찾았고 승리를 제대로 기뻐하지 못했다. 패배한 날은 더 최악이었다. 스스로 부족하다는 자괴감이 나를 땅끝까지 끌고 내려갔다. 지금 생각해보면 겨우 10대에 접어든 어린아이가, 그저 취미인 운동에 대해 왜 그렇게까지 스스로를 몰아갔던 건지 의아할 정도다. 그렇게 몇 년이 흐르고, 또 다른 시합을 준비하던 중 다리를 다친 나는 이때다 싶었는지 단박에 운동을 그만뒀다. 시합에 나가지 않았다면 그 운동들을 더 오래 했을까?

　운동을 그만둔 이후 십여 년이 지난 내 앞에 서핑 대회라는 새로운 선택지가 놓였다. 과연 나는 시합에서 도망치던 그 날보다 얼마나 자랐을까. 자신에게 유독 엄격한 성격 탓에 실력에 대한 자신감이 부족한 것은 어릴 적과 같다. 하지만 이를 부끄러워하지 않고 내보일 용기가 생겼을까. 몇 날의 밤을 고민하던 나는 결국 대회에 나가기로 결심했다. 완벽히 준비된 상태라는 것은 존재하지 않는다. 부딪혀보고 깨지거나 견고해지는 방법밖에 없다.

"저 휴가를 내겠습니다. 사유는 서핑 대회 참가입니다"라고
했을 때의 묘한 기분이란……. 다른 사람들은 재미로 출전하
는 대회에 이렇게까지 진심일 일인가 싶어 웃음이 났다. 가끔
나는 이상한 부분에서 과하게 진지해지는데, 그 '이상한 부분'
이 곧 트라우마라는 이야기를 들은 적 있다. 오늘에 이르러서
야 트라우마를 진지하게 마주하는 중일지도 모른다. "왜 그런
걸로 그렇게까지 깊게 고민해?"라는 주변인의 말에 "그러게나
말이야"라며 멋쩍게 웃었다. 하지만 타인이 고민하거나 집착
하는 것에 '그런 걸로'라는 표현을 붙여서는 안 된다고 재차 진
지해진다. 세상 사람의 수만큼 그런 트라우마는 있을 수 있다.

드디어 시합이 다가왔다. 이름이 불리자 떨리는 마음으로
보드를 들고 바다에 들어섰다. 지인들의 응원 소리가 날아왔
다. 심장이 귀 옆에서 쿵쾅거렸다. 서핑 시합은 일정 시간 동
안 일정 횟수의 파도를 타고, 가장 최고점과 그 차점의 점수를
합해 결과를 내는 방식으로 진행된다.
그날의 경기는 10분 동안 다섯 개의 파도를 타는 방식으로
진행되었는데, 고심에 또 고심을 거치고 아빠와의 과거까지 되
짚으며 출전한 나는 단 한 개의 파도도 잡지 못한 채 예선 1차

전에서 광탈했다. 뭘 그렇게 오랜 시간을 고민했나 싶다. 하하하. 무려 트라우마에서 시작한 자신과의 싸움이 10분 만에 허무하게 끝난 것이다. 휴가 낼 때 눈을 빛내며 상을 타 오라던 팀원들의 응원이 떠올라 실소가 터져 나왔다. 바다에서 보드를 질질 끌고 나왔다. 아무것도 하지 못한 나와는 상관없이 축제는 계속되었다. 다음 선수들이 바다로 뛰어 들어갔고, 저 멀리서 누군가 멋진 라이딩을 뽐냈다. 관객들의 함성이 터졌다. 친구들이 다가왔다.

"수고했어. 잘했어."

파도를 제대로 잡지 못하는 것이 당시 나의 수준이었기 때문에 결과가 놀랍진 않았으나 속상하지 않을 순 없었다. 어떤 이는 기본기부터 잘못됐다 했고, 어떤 이는 유명 선수들과 한 조여서 겁을 먹은 것이라 분석했다. 어찌 되었든 많은 지인 앞에서 10분이나 허우적거리는 모습을 보였다. 어린 시절 가장 두려워하던 순간을 결국 다시 마주한 것이다.

그런데 참 신기하지. 속상함이 파도처럼 지나갔다. 과거의 나였다면 실패에 대한 생각으로 우울함에 잠겨 몇 날 며칠은 이불킥 했을 텐데, 서핑 덕분일까, 나이가 들었기 때문일까,

'받아들이다'라는 감정 처리 기술이 생겨난 듯했다.

어떤 프로 서퍼에게 기자가 이런 질문을 했다.

"커다란 파도에 와이프아웃※ 되면 어떻게 하시나요?"

서퍼는 대답했다.

"인간의 힘으론 아무것도 할 수 없습니다. 그저 이 고통도 지나감을 알고 기다립니다."

서핑을 하다 보면 프로 서퍼만큼의 파도는 아니겠지만, 감당할 수 없는 큰 파도에 휩쓸릴 때가 있다. 그 파도를 타겠다며 도전하다 넘어지는 경우도 있고, 피해 도망가려다 말리는 경우도 있다. 어떤 상황이 되었든 그의 말처럼 우리가 할 수 있는 건 아무것도 없다. 그저 힘을 푼 채로 몸을 동그랗게 말고 기다리다가 숨이 막혀오면, 2분 정도는 숨을 참을 수 있다는 사실과 2분 이상 물속에 잡아두는 파도란 없다는 사실을 떠올린다. 패닉에 빠지는 것만큼 숨을 앗아가는 것은 없다. 곧 숨을 쉴 수 있길 바라며 빙글빙글 바닷속을 헤매는 동안, 그 깊은 자연에 많은 것을 내려놓고 다시 수면 위로 올라온다. 신

※　wipe out, 서핑을 하다가 보드에서 떨어지는 것. 의지로 떨어진 것이 아니기 때문에 파도에 갇혀 꽤 괴로운 경우가 많다.

선한 공기가 폐 안으로 깊숙이 들어온다. 고통이 지나갔고 나는 무사하다. 다시 보드 위로 올라가 해변이 아닌 바다로 향한다. 파도에 말리는 것은 종종 있는 일이다. 이 모든 것에 좌절한다면 서핑을 할 수 없을 것이다. 이 고통을 한 번에 날려줄 파도를 만나기 위해 다시 시작한다.

서핑 대회의 추억이 휩쓸고 지나간 가을, 나의 마음은 높고 맑은 하늘과 같이 고요하고 평온했다. 이후 다른 대회 일정마다 여력이 되지 않아 출전하지 못했지만, 언젠가 다시 출전하는 날이 올 것이다. 그리고 확신한다. 그때의 결정은 아마 처음의 것보다 훨씬 기꺼이 내려질 것이리라.

겨울: 우리 파도의 끝은 결국,

시간엔 냄새가 존재하고 공기엔 질감이 존재한다. 양양의 겨울밤에선 그을린 냄새가 나고, 서울의 것보다 차갑고 쫀득거리는 공기를 느낄 수 있다. 그 냄새는 분명 누군가 나무를 때워 이 밤을 데우고 있는 것이며, 공기의 두터운 질감은 바다에만 머물지 않는 물방울이 허공을 채우고 있는 것이다. 한겨울 양양의 해변은 고요하고 적막하다. 장담하건대 지금 이 글을 읽고 상상하는 것보다 아무런 기척이 없다. 자동차 소리도 사람 소리도 벌레 소리도, 하다못해 어딘가 간판의 전기 돌아가는 소리도 들리지 않는다. 눈이라도 내리는 날엔 마치 죽어 있는 동네 같다.

겨울밤, 별이 쏟아지는 어둠 속을 걷다 보면 모든 가게의 불이 꺼져 있음을 깨닫게 된다. 단순히 늦은 시간 때문이 아니다. 북적북적 이곳을 채우던 서퍼들이 따뜻한 햇볕과 끝나지 않는 파도를 찾아 잠시 양양을 떠났기 때문이다. 아니, 겨울을 떠났기 때문이다. 어느 날 바들바들 떨며 유일하게 문을 연 핫도그 가게로 들어가자 난로 주변에서 대여섯 명이 몸을 녹이고 있었다. 그 고요한 동네로 모여든 서퍼들이다. 우리는 어묵탕을 끓여 먹고 따뜻한 커피를 마시며 마치 펭귄인 양 서로의 온기를 느끼며 붙어 있었다. 핫도그 가게에서 말이다. 모두가 떠난 겨울에 왜 우리는 서핑을 놓지 못하는 것일까.

서퍼들의 세계엔 이런 말이 있다.
'서핑 실력은 겨울 서핑을 한 자와 하지 않은 자로 나뉜다.'
겨울 양양에 들어오는 파도의 사이즈는 마치 산처럼 거대하다. 라인업에 앉아 있으면 등 뒤로 파도가 '쿵쿵쿵쿵!!!' 하고 부서지는데(결코 과장이 아니다) 물보라가 몇 미터까지 날아온다. 햇빛 좋은 날엔 무지개가 바다 위로 우수수 생겨난다. 장관이다. 두꺼운 슈트와 장갑, 부츠는 움직임이 어려워 마치 모래주머니를 얹고 달리는 것 같다. 소년만화를 즐겨 본 이들은 알겠지만, 모래주머니는 주인공을 강하게 만든다. 무거운 몸을 이끌고 차가운 바다 위에서 파도를 기다리는 서퍼들은 따뜻한 햇살이 비치는 어느 날 슈트를 벗고 멋지게 파도를 가르는 자신의 모습을 머릿속으로 그리고 있다. 몸을 따뜻하게 데우는 데는 희망만 한 것이 없는 법이다.

겨울 서핑을 한다고 말하면 백이면 백 같은 질문이 돌아온다.

"춥지 않아?"

단도직입적으로 대답하겠다.

춥다.

겨울이다. 당연히 춥다. 다만, 바다 한가운데 앉아 코가 얼어갈 때, '지금 여기서 뭘 하고 있는 거지' 생각하다가도 파도가 들어오면 패들링을 하고 라이딩을 하고 신이 나서 헤벌쭉 웃으며 다시 바다로 돌아가 앉을 만큼, 딱 그만큼만 춥다. 즉 이 정도의 추위는 딱히 서핑을 하지 말아야 할 이유까지는 못 된다는 뜻이다(이렇게 당당하게 쓰고 있지만 바다 한가운데에서 소리를 지르며 추위에게 심한 욕을 하는 일이 많다). 조금 더 겨울 서핑을 옹호하자면, 공기가 차가울 땐 수온이 견딜 만하고, 수온

이 내려갈 땐 공기가 따사로워진다. 이래저래 죽으란 법은 없는 모양이다(하지만 나이가 들수록 입수 횟수가 줄어드는 것도 사실이다…… 하하).

어느 주말, 죽도에 눈이 내렸다. 지독히도 길었던 겨울이었으나, 그 끝에 가서야 처음으로 바다에서 눈을 맞이했다. 나와 친구들은 눈을 처음 본 강아지처럼 뛰어다니며 사진을 찍어댔다. 겨울 서핑을 시작하며 꿈꿨던 눈밭 서핑이 너무나 늦게 찾아왔다. 올겨울은 유독 바다가 차가웠다던데 그래서 그런 걸까. 문과는 영문을 통 알 수 없다. 눈이 쌓인 모래밭을 걷는 건 새로운 별 위를 걷는 것 같다. 푹푹 빠지는 이 깊이는 눈 때문인 걸까, 모래 때문인 걸까. 하얀 눈밭 위로 서퍼들의 발자국이 가득하다. 바다로 들어간 발자국은 있으나 아직 나온 발자국이 없다. 여느 아침과 같이 우리 발자국의 끝은 바다였다.

라인업에 앉아 해변을 바라봤다. 몇 년을 들어간 바다인데도 처음 보는 풍경이 펼쳐진다. 하늘 아래를 차지하고 있던 산맥이 보이질 않는다. 흩어지는 눈발에 하늘도 산도 그 아래의 작은 건물들도 모두 윤곽선이 뭉개져 있다. 거리에 대한 감각이 흐릿해진다. 사물들이 보이지 않으니 원근감도 함께 사라진다. 모든 것이 멀고 동시에 모든 것이 가까운 하얀 세상 틈으로 까만 슈트를 입은 서퍼들이 사부작 걸어오는 모습이 펭귄처럼 귀엽다. 몸에 꽉 끼는 겨울 슈트 덕분에 우리는 뒤뚱뒤뚱 바다를 오간다.

낮이 짧아진 만큼 퇴수 시간은 당겨지고 서핑 후 무엇으로 시간을 보낼지에 대한 고민이 늘었다. 역시 겨울은 밤의 계절이며, 양양의 길고 깊은 밤을 빌려 내가 할 수 있는 것은 만취다. 계절을 돌아 만취의 시간이 왔다며 잠재적 꽐라는 홀로 중얼거린다(지금은 술을 거의 마시지 않는다. 아마 이 시절에 내가 마실 수 있는 모든 술을 마셨나 보다). 서핑을 한다며 겨울 바다를 찾은 대부분의 사람은 다른 계절에도 자주 마주쳐 낯익은 경우가 많기에, 겨우 문을 연 한두 개의 가게에서 서로를 알아보곤 밤이 긴 만큼 더 많은 대화를 나눈다.

그러던 중 한 서퍼가 말했다.

"참 이상해. 서핑 이야길 하다 보면 그 끝엔 항상 인생이란 단어가 나오더라."

뜨거운 물로 샤워해도 손끝에서 가시지 않던 추위를 소머리국밥으로 물리치던 참이었고, 누군가는 새벽까지 놀고선 또 아침부터 바다에 들어간 이야기를, 누군가는 얇은 슈트로

겨울 바다를 견디는 이야기를, 누군가는 자신에게 맞는 파도를 타겠단 이야기를 하던 참이었다. 피곤함이 머리끝까지 올라와 흐릿하게 소머리국밥을 쳐다보다가 괜히 속으로 끄덕였다. 그렇지, 우리 파도의 끝은 결국 그 단어인 거지.

함께 서핑을 하던 지인이 경리단길에 펍을 오픈한 적 있었다. 마침 회사가 이태원이니 퇴근 후 가볍게 걸어 그곳으로 향했다. 가게 안은 먼저 도착한 서퍼들로 북적였다. 환하게 웃으며 한 언니가 인사를 던졌다.

"안녕! 양양에서 여기까지 온 거야?"

"아니요~ 나 서울 살아요! 회사가 여기 근처라서 퇴근하고 왔죠."

"서울 살아? 회사도 다녀? 그런데 왜 그렇게 양양에서……심지어 거지처럼 하고 다녔어?"

당황한 내 옆으로 동생이 한 명 쓱 끼어든다.

"배신자……."

"갑자기?"

"나는 누나가 나랑 같은 부류인 줄 알았죠……."

"?"

"백수 한량!!! 그런데 직업이 있었다니……!"

서핑을 시작한 뒤로 내가 가장 많이 받은 오해는 '백수'다. 오죽했으면 인스타그램 프로필에 '백수 아님'이라고 적어놨을까. 사실 솔직한 심정으론 이 오해가 싫지 않다. 오히려 원하던 삶에 가까이 다가갔단 생각이 든다. 몇몇 회사 동기들이 '현 상무'라고 놀리곤 했던(심지어 '백년 삼성의 주역'을 줄여 '백삼주'라고 놀리는 동기도 있었다. 신입사원 시절 자꾸 이런저런 행사에 불려 나간 것이 화근이었다) 과거와의 격차가 있어 더욱 마음에 든다. 몇 년 사이에 급격히 변해버린 나를 발견할 때마다 왜 우리 파도의 끝에 결국 '인생'이란 단어가 올 수밖에 없는지를 실감하게 된다.

　서핑을 하기 전의 나는 꽤나 범생이였다. 이 단어를 꺼내면 "그렇다고 하기엔 너무 이상했어" 혹은 "사람들과 어울리는 걸 좋아하잖아", "놀기도 잘 놀았는데?"라고 지인들은 반박한다. 이제 내가 반박을 반박할 차례. 맞는 말이다. 이상하고, 사람들과 어울리는 걸 좋아하고, 놀기도 잘 놀았다. 그리고 그 모든 것은 주어진 틀 안에서 일어났다. 주어진 일에 적극적으로 나서고 재밌게 해내는 것에 재능이 있었지만 단 한 번도 그 틀에 반문을 던지거나, 뒤틀거나, 그 밖으로 나가는 생각을 해본 적 없었다. 이 글을 읽고 있는 범생이분들이 동의할지는 모르겠으나, 내가 생각하는 범생이란 틀 안에서 최선을 다하는 사람인 듯하다.
　이런 사람이 나쁘단 이야기를 하는 것은 절대 아니다. 틀 안이든 밖이든 최선을 다한다는 건 멋진 일이니까. 다만 내가 되고 싶어 하는 모습, 살고 싶어 하는 삶과의 괴리감이 문제였다. 언제나 예술가를 동경했고 예상 밖의 아이디어를 내는 사람들을 흠모했기에 범생이적 면모가 나의 장점임을 인정함과 동시에 불만일 수밖에 없었다. 보이지 않는 선을 넘지 못하도록 발목을 꽉 잡고 있는 천성. 다른 표현으로는 '착하다'가 될 수 있는데, 회의를 하는 중 아이디어가 착하다는 말은 곧 '뻔하다', '심심하다'로 이어지기도 한다. 아이디어를 내는 것이 직업인 사람에게 이보다 더 부끄러운 피드백은 없다.

평생 이 상자 밖을 나가지 못할 거라며 체념하던 나날에 찾아온 서핑은 닫힌 틈 사이로 들어오는 빛이었다. 바다에서 오랜 시간을 보낼수록 파도가 마음까지 밀려와 나를 가둔 틀을 부식시키기 시작했다. 사람은 쉽게 변하지 않는 법이라 여전히 범생이적 면모는 살아 있지만, 틀 밖으로 한 발 내놓고는 그곳으로 모든 몸이 향했다. 까만 몸 곳곳에 타투를 새기고, 남의 시선과 상관없이 좋아하는 옷을 입고, 그림을 그리고, 글을 쓰고, 훌라춤을 추고, 아무 곳에서나 널브러져 잠을 자고, 일요일 해가 질 때까지 바다에 있다가 월요일 새벽 비행기를 타고 날아와 출근하는 삶. 사소한 일부터 조금은 엉뚱한 일까지 틀 밖으로 스스로를 빼꼼 내보이는 중이다.

"언니는 서핑을 시작하고 점점 반짝거리는 것 같아."

무슨 대화를 나누던 중이었는지 기억나지 않지만, 친한 동생의 저 한마디가 마음에 자리 잡은 지 오랜 시간이 흘렀다. 나를 반짝이게 만드는 존재이니, 어찌 겨울이라고 서핑을 버릴수 있을까. 우리나라의 계절은 겨우 네 개뿐이다. 겨울이 4분의 1이나 차지하고 있단 뜻이고, 추위로 저버리기엔 너무나 긴시간이다. 예전의 삶으로 돌아가고 싶지 않기에 우리는 겨울에도 바다로 향한다.

봄: 영감의 계절

　오랜만에 늦잠을 잔 주말, 까만 블라인드 사이로 빛이 새어들어오지만 고개를 돌려 다시 잠을 청한다. 평소라면 어딘가의 바다에 있을 이 시간, 단 한 곳에서도 파도가 들어오지 않는다는 소식에 마음껏 게으름을 피우는 중이다. 봄의 주말은 따사롭고 한가하다.

　3~4월이 되면 육지는 슬슬 따뜻해지고 꽃을 피운다. 택시기사님이 외우던 꽃들이 순서에 맞춰 만개하면 남쪽부터 시작한 꽃향기가 이내 온 땅을 뒤덮고 사람들의 움직임도 활발해진다. 하지만 봄날의 바다는 조용하다. 파도가 들어오는 날이 다른 계절보다 뜸하기 때문이다. 동서남북 어디에서 파도

가 올라올지 가늠하기도 어렵고, 파도가 있단 소식에 달려가도 예상과 달리 잔잔한 경우도 종종 있다. 이럴 땐 발을 동동거려봤자 소용없단 걸 알기에 파도를 살짝 잊고 휴식을 취하는 쪽을 택한다.

잠을 충분히 자고 일어나자 해가 중천이다. 블라인드 모양을 따라 벽에 빛줄기가 드리운다. 매달아 말린 꽃들도 그때만큼은 생기를 찾는다. 이곳은 나의 취향으로 가득하다. 미니멀을 외치는 시대에서 무엇 하나 버릴 줄 모르는 사람. 벽 한쪽은 좋아하는 엽서와 포스터가 덕지덕지 붙어 있고 그 아래는 직접 캔버스에 그린 그림과 여행하며 사 모은 장식품(예쁨이 곧 쓸모인 것들)으로 가득하다. 나머지 벽을 채운 것은 켜켜이 쌓인 책과 화려한 원피스, 수영복과 카메라다. 모두가 각자의 모양으로 '현혜원스러움'을 외치고 있다. 고요하고 소란하게. 나라는 사람을 공간으로 만든다면 이곳일 수밖에 없다.

창문을 열고 꽃향기를 집 안으로 들인다. 미세먼지가 들어오지 않도록 적당한 시간을 계산해서 열어야 하는 꽤 고난도의 작업이다. 주중엔 일하느라 바쁘고 주말엔 바다를 가느라 집을 비우니 밀린 빨래는 산더미고 집도 엉망이다. 자아를 구현한 곳인데 이렇게까지 엉망이어도 될까 싶지만 이 또한 내가 맞으니 어쩔 수 없다는 한가한 생각이 든다. 침대 모서리에 걸터앉아 집의 혼란을 응시하다가 이유 없이 놀라며 정신을 차린다. 머리를 질끈 묶고 음악을 틀었다. 장르는 정해져 있지 않지만 발라드는 절대 틀지 않는다. 많은 노동요가 그렇듯 비트가 있는 편이 몸을 움직이는 데 도움이 된다.

집안일은 항상 빨래로 시작한다. 세탁기가 돌아가는 동안 나머지 공간을 치우고, 그 공간에 빨래를 너는 것이 목표다. 빨래 더미에는 바닷물에 절여진 옷가지가 가득하다. 소금기 머금은 짭짤한 냄새를 맡으며 바다를 떠올리고, 바다에 들고 갔던 장비들도 정리한다. 욕실엔 늘 여러 두께의 서핑 슈트와 수영복, 리시가 가득 널려 있다. 나의 집은 성인 세 명이 어깨를 부딪치며 겨우 머무를 정도의 크기이기 때문에 쓸고 닦는 데는 시간이 얼마 걸리지 않는다. 설거지까지 마치면 삐- 타임 오버. 세탁기가 멈춘다.

모든 정리가 끝난 뒤엔 책상에 앉아 태블릿을 꺼내 든다. 서핑을 하며 즐거웠던 에피소드를 그림 일기로 옮기거나 머릿속에서 떠나지 않는 잔상을 일러스트로 그리기 위해서다. 서핑을 시작한 후로(이 표현을 정말 많이 쓰는 것 같지만, 모든 일이 서핑으로 인해 일어난 것들이라 자제하기가 어렵다) 뱉어내지 않으면 머리와 마음이 터져버릴 것 같은 생각과 이미지들이 생겨 났다. 오래간만에 찾아온 휴식 시간에도 움직이게 하는 것, 무 언가를 만들고 싶게 하는 것. 한참이 지난 후에야 이것이 '영 감'이란 사실을 깨달았다.

　어릴 적 나에겐 사전적 정의로는 알지만 실제로는 이해하 지 못하는 단어들이 꽤 있었다. 예를 들면 '비리다', '습하다', '스타일' 그리고 '영감을 받다' 등인데, '비리다'는 20대 초반 교수님의 자제분 결혼식에서 먹은 연어 요리에서 처음으로 체득했고 '습하다'는 반지하 골방에서 자취를 하며 뼈저리게 느꼈다. 하지만 꽤 긴 시간 동안 '스타일'과 '영감'만큼은 무슨 의미인지 알 수가 없었다.
　교과서나 예술 관련 서적에서 '이 작가는 이러이러한 스타 일을 가지고 있고, 여기에서 주로 영감을 받았다'는 문장을 접 할 때마다 머릿속은 항상 물음표로 가득했다. 대체 사람은 자 신의 스타일이라는 것을 어떻게 알고 어떻게 만들어가는 걸 까? 영감이라는 건 무슨 형태로 다가오는 걸까? 물론 나도 무 언가를 감상한 뒤의 호불호의 감정은 가지고 있다. 하지만 좋 아하는 것들에게 특별한 공통점이 없다면, 심지어 양극단에 있다면 그중 무엇을 스타일이라 부르게 되는 걸까. 나는 의식의 흐름대로 생각나는 것을 창작하곤 했다. 정확히는 능력 내에서 창작하기 쉬운 것들을 골랐다. 이러한 것도 영감이라 부를 수 있을까. 그 기준은 무엇일까.

그리고 시간이 흘러 지금 느낀 것을 뱉어내지 않으면 폭발할 것 같단 감정이 들었을 때, 드디어 그 두 가지 개념이 무엇인지 윤곽이 잡히기 시작했다(물론 정답은 아니다. 다른 사람들은 어떤 방식으로 이 두 가지 감각을 받아들이는지 나로서는 알 수 없는 일이니까). 경험한 바에 대해서만 이야기하자면, 이 두 가지는 '동경'과 '애착'에서 시작하는 듯하다. 좋아하는 것들 중 유독 '나도 저렇게 하고 싶다'는 생각의 흐름으로 이어지는 것들이 '꾸준한 시도'라는 행동력과 만나 쌓여갈 때 스타일이 되고, 특정한 순간이나 사물에 애착이 형성되면 관련된 장면과 감각이 자꾸 떠올라 영감으로 이어진다. 이 글을 읽는 당신은 왜 이렇게 당연한 이야기를 하고 있는 걸까 싶을 수도 있으나(나는 그런 것을 '밥 먹으면 똥 나오는 이야기'라 부른다) 드디어 머리가 아닌 마음으로 뜻을 받아들이게 된 나에게는 두 단어를 실천할 수 있는 새로운 세계가 열린 것이다.

매일 바다와 파도, 자연, 서핑 등을 생각하기에 나의 그림

은 자꾸만 무언가가 일렁이고 파랗고 초록초록하다. 정확하
고 분명한 상태보다는 분명하지 않은 기분, 자연처럼 모호한
경계를 표현하고자 한다. 다른 사람을 관찰할 능력도 자신도
없어 결국 나 자신을 주로 그리는데, 지구와 바다를 닮고 싶단
마음에 실제보다 풍만한 몸을 그리며 머릿속으로는 빌렌도르
프의 비너스를 떠올린다. 지향하는 바를 찾을 때 예술 작품들
은 분명히 도움이 된다. 생가를 찾아갈 정도로 좋아하는 작가
모네에게서는 같은 장소를 다른 시간과 빛에서 바라보는 시

선을 배우며, 앙리 루소와 프리다 칼로의 야생성을 닮고 싶단 꿈을 꾼다. 미술이나 글쓰기에 대한 심화 교육을 받진 않았으나 그것이 무슨 상관이겠는가. 무언가를 추구할수록 감각에 형태를 부여해 세상에 꺼내게 되고, 어떤 날엔 꺼낸 후에서야 감정의 모양을 직시하기도 한다.

서핑은 파악할 수 없는 알고리즘으로 잠재력을 자극하고 세상에 발현할 수 있도록 이끈다. 물에 대한 두려움 극복과 같이 서핑과 직접 연관되는 일이 아니더라도 말이다. 나의 경우 창작 욕구가 그러했다. 오랫동안 그림 그리기나 글쓰기를 좋아했으나 서핑을 만난 후에야 잠재되어 있던 욕구가 폭발하기 시작했다.

어릴 적의 나는 하루에도 수십 권씩 만화책을 읽었고(첫 아르바이트를 한 곳도 만화책 대여점이었다) 좋아하는 주인공을 따라 그리곤 했다. 미술 공부를 하고 싶어 몇 번 학원에 등록했으나 인내심이나 세밀함과는 거리가 멀었던 탓에 도형 그리기에서 항상 포기하고 집으로 돌아갔다. 그럼에도 그림에 대한 욕구를 마음 한구석에 지니고 있었던 건 훨씬 어렸던 시절 어느 봄날의 짧은 만남이 있어서리라.

제주는 우리나라에서 봄이 가장 빠르게 찾아오는 곳이다. 봄이 오면 꽃이 피고 꽃이 피면 육지에서 사람들이 찾아온다. 어느 봄날, 앞집에 부부가 이사를 왔다. 우리 모두는 그들이 육지 사람이란 것을 직감했다. 그때가 신구간이 아니었기 때문이다.

제주의 집엔 신들이 살고 있다. 집 짓는 법을 알려준 성주신, 문을 지키는 문전신, 화장실의 측간신, 부엌의 조왕신 등 많은 신이 자신의 영역에서 집을 돌본다(웹툰 「신과 함께」는 이런 제주 토속 신앙을 토대로 만든 것이다). 신들이 지상에 머무는 동안 이사를 하면 동티*가 난다. 감히 신이 머물고 있는데 어찌 인간이 거주를 옮기랴. 그들이 집을 비우고 하늘로 올라간 일주일이 인간이 집을 옮길 수 있는 기간(신구간)으로, 대한이 지난 5일부터 입춘 전 3일까지다. 한 해가 끝나고 시작되는 그 사이, 신들이 잠깐 한숨을 돌리는 그 사이, 제주는 이사로 시끄럽다. 마치 축제와도 같은 들썩거림이다. 하지만 육지 사람은 언제든 집을 옮긴다.

※   지신地神을 화나게 하여 재앙을 받는 일.

부부 중 아내와 처음 대화를 나눴을 때, 그녀는 2층 베란다에서 숄을 걸친 채 담배를 피우고 있었다. 하얀 피부에 단발머리, 화장기 없는 얼굴. 지금 생각해보면 조금 아파 보이는 사람이었다. 건너편 건물 앞에 앉아 스케치북에 그림을 그리고 있는 나를 그녀가 불렀다.

"얘, 그림 그리는 거 좋아하니?"

"네, 좋아해요."

"그럼 아줌마 집에 잠깐 올래?"

그렇게 생애 처음으로 화가의 작업실에 발을 디뎠다. 유화 캔버스가 쌓여 있던 그곳은 어둡고 기름 냄새가 가득했다. 그녀는 나와 동생을 데리고 바다로 오름으로 들판으로 다니며 그림을 그렸고, 우리는 기술 대신 그림의 즐거움을 배웠다. 사진 기자였던 남편도 종종 함께했다. 그런 날엔 저녁도 만들어 주었다. 그 저녁을 먹고 배탈 난 적도 있었지만 우리는 꾸준히 그녀를 찾아갔다. 해바라기 밭에 다녀온 기억이 가장 선명한데, 도저히 어디였는지 알 수가 없다. 제주에 그런 곳이 있었던가…….

20년도 넘은 과거의 일이라 언제 그들이 다시 이사를 갔는지는 기억나지 않지만, 오래 머물지 않았다는 것만은 알고 있다. 그들과 시간을 함께 보낸 봄은 딱 그해뿐이었다.

그 뒤로 수많은 봄이 지나, 나는 여전히 그림을 그리고 글을 쓰고 있다. 막 청소를 끝내 기분은 상쾌하고 널어놓은 빨래에서는 좋은 향기가 난다. 그날로부터 수많은 봄날이 축적되어 오늘의 봄을 만들었다 생각하니 성장하고 있단 사실을 새삼 깨닫는다. 인간으로 태어나버렸고 결국 죽어버릴 삶 안에서 우리는 무엇을 해야 하는가 질문을 던진다면, 바라는 나를 완성해나가는 것 아닐까. 계절을 쌓고 시간을 쌓으며 자신이 바라는 방향의 사람이 되어 있는 것. 물론 어렵겠지만 어릴 적 화가 아줌마를 만났던 봄날과, 서핑으로 창작 욕구 충만한 지금의 봄날까지 20년이 넘는 시간이 있었던 걸 생각하며 조급하진 말아야겠다고 스스로를 다독인다.

그래, 더디더라도 자라나보자.

이른 새벽 해가 뜨기 30분 전. 우리가 바다에 들어갈 수 있는 가장 이른
시간이다. 아무도 없는 바다에 처음으로 입수하는 기분은 정말 이상하다.
넓은 바다에 혼자 둥둥 떠 있으면 외로움과 아늑함이 동시에 밀려온다.
아무도 없음이 두렵다가도 아무도 없음에 오롯이 파도에 집중할 수 있다.
정신을 차려보면 어느새 바다엔 몇 명의 서퍼가 함께 둥둥 떠 있고, 태양도
수면 위로 동그랗게 올라온다. 파도를 보느라 일출을 놓치는 날이 다반사다.
동해에서의 아침 서핑은 언제나 눈이 부신다. 얼굴을 못생기게 찡그리며
온몸으로 해를 맞이한다.
만약 제주에서 너무 이른 새벽에 눈을 뜬다면 중문 해변을 가보길 권한다.
해변으로 내려가는 그 길 초입에 서면 내리막 끝에 바다가 펼쳐지고 소실점
끝은 깎아지른 절벽이다. 그리고 그 위, 커다란 달이 둥둥 떠 있는 채로
주변이 밝아온다. 분홍빛과 보랏빛이 묘하게 섞인 하늘에 동그란 달이 떠
있던 어느 보름날의 아침을 나는 여전히 기억한다.

언젠가 평생 곁에 있을 새로운 가족을 만나게 된다면,
함께 바다에 머물고 파도를 타고 햇볕을 쬐고 모래를 털어줘야지.
이런 삶을 살게 되어 얼마나 행복한지,
내가 당신을 얼마나 기다렸는지 웃으며 말해줘야지.

벽의 반대말은 해변이라고

그녀는 말했다

– 나희덕, 「벽의 반대말」 중에서(『가능주의자』, 문학동네, 2021)

서핑을 시작한 후로 '당당해 보인다'거나 '아름답다' 혹은 '멋있다'는 칭찬을 듣곤 한다. 그럴 때마다 진심으로 고마운 마음과 함께 많은 생각이 스쳐 지나간다. 과거엔 자존감이 너무 낮아 외모에 자신이 없었고, 민소매 티와 수영복은 상상도 못 했단 이야길 하면 모두가 의외라며 놀란다. 그도 그럴 것이 지금의 나는 여름이 깊어질수록 조그마한 천 쪼가리를 입고,

바다에서도 가능한 한 최소한의 것을 걸치고 서핑을 한다. 스스로를 부끄러워했을 때보다 지금의 몸무게가 훨씬 늘었는데도 말이다. 발리에 있을 땐 그곳에 살고 있는 언니에게 "너는 참 옷을 안 입어"라는 말을 들었다.

자존감이 관여하는 건 옷의 면적만이 아니다. 과거의 나는 많은 것을 시도하고 해내는 사람이었지만 스스로에게 가혹해 만족하는 법을 몰랐다. 이게 맞는 걸까 의심을 멈추지 못했고, 나보다 잘하는 타인과 비교하기 바빴다. 하지만 오늘의 나는 현재 삶의 방식에 만족한다. 스스로가 멋진 사람이라 생각하며 결정을 지지한다. 여전히 흔들리고 고민하고 휩쓸리지만 방향을 잃지 않기 위해 최선을 다한다. 현실의 벽에 부딪혀 조금씩 뒤로 밀려나도 괜찮다. 중요한 건 내가 가고자 하는 곳에서 시선을 떼지 않는 것이다.

변화의 시작은 어디였을까. 스스로가 한심하고 외로워 밤마다 울기도 하고, 자존감 올려주는 책을 찾아 읽거나 인터넷에서 해답을 찾으며 바둥거리던 내가 무슨 이유로 자존감의 바다에서 씩씩하게 헤엄치고 있는 것일까. 이 이야기를 하려면 아주 어릴 적으로 거슬러 올라가야 한다. 자존감이 조금씩 무너졌던 그때의 기억으로.

넌 참 그렇게 생겼구나

중학교 1학년 한문 시간이었다. 모두가 조용히 한자를 옮겨 적고 있을 때, 선생님이 내 앞에 앉아 얼굴을 가만히 바라보더니 교실의 적막을 깼다.

"곰탱이는 모여라 눈 코 입이네? 얼굴이 몰렸어."

영문도 모른 채 눈 코 입의 위치를 평가받은 나는 부끄러움에 어쩔 줄 몰랐다. 같은 반 친구 모두가 사실을 확인하기 위해 힐끗거리는 것만 같았다. 수업이 끝나자마자 거울 앞에 서서 태어나 처음으로 이목구비의 거리를 계산했다. 듣고 보니 그런 것 같아. 가운데로 몰리니 옆이 비네. 머리를 길러 얼굴을 가려야 하는 걸까. 왜 이렇게 생긴 걸까. 외모에 둔감했던 나는 스스로의 얼굴에 대해 깊이 생각해본 적 없었다. 굳이 따지자면 '예쁘지는 않지만 못생기지도 않다' 정도의 인지 수준이었는데, 하필이면 사춘기가 시작될 시점 아주 구체적인 표현으로 외모에 대한 타인의 평가를 듣게 된 것이다. 거울 앞에 서 있는 시간이 길어진 건 그때부터였다. 보면 볼수록 못생겼단 생각이 들었다. 남들과 비교하면 여기도 저기도 부족했다. 웃으면 눈이 못생기게 사라진단 말을 들었을 때 사진을 찍을 때 절대 웃지 않기로 결심했다. 얼마 지나지 않아 초등학교 졸업사진에서 내 얼굴을 오려냈다. 환하게 웃고 있는 못생기고 부끄러운 얼굴을.

몇 년이 흘러 고등학생이 되었고 남자친구가 생겼다. 여느 때와 같이 데이트를 하던 중 그가 나를 가만히 보더니 입을 열었다.

"넌 팔뚝이 참 굵네? 나보다 굵은 것 같아."

한문 선생님만큼이나 갑작스러운 평가였다. 세상에, 나는 내가 못생긴 줄로만 알았지 몸까지 뚱뚱한 건 모르고 있었어. 그날부터 거울 속 못생긴 여자애는 우람한 팔뚝으로 날 맞이했다. 옷장을 열어 민소매 티를 모두 꺼내 버렸다. 팔뚝도 굵은 애가 이런 옷은 왜 가지고 있담. 그러고 보니 초등학생 시절 윗집에 살던 아주머니가 나를 보곤 "넌 애가 어쩜 이렇게 뚱뚱하니. 우리 ○○이는 날씬한데"라고 말했었지. 왜 잊고 있었을까. 내가 뚱뚱하단 사실을 주변에서 계속 알려주고 있었는데 나만 모르고 있었구나.

뭔가 잘못되어도 한참 잘못되고 있었다. 스스로를 인식하는 주체와 기준이 나 자신의 가치관이 아닌 타인의 시선과 평가로 넘어갔다. 사소한 평가에도 예민하게 반응하고 나의 생각보다 남의 시선을 더 크게 의식하며 자존감을 깎던 나는 팔뚝을 드러내는 민소매 티는 절대 입지 않으며, 수영복을 입어야 하는 워터파크는 단 한 번도 가지 않는 어른으로 자라났다.

시간이 흘렀다. 불행 중 다행이라고 해야 할까, 스스로 외모가 나쁘지 않다고 생각하는 시점이 다시 찾아왔다. 인생을 살며 최선의 선택으로 손꼽는 쌍꺼풀 수술, 치아 교정 그리고 라섹 수술을 통해 자신감이 점차 회복되기 시작한 것이다. 민소매 티와 수영복은 여전히 입을 수 없는 머나먼 존재였지만 나름의 노력을 통해 괜찮아졌단 자체 평가를 내렸다. 즉, 20대가 되어서도 문제의 본질(외모보단 마음이 문제라는 것)을 전혀 파악하지 못했다는 뜻이다. 물론 외모의 변화도 자존감을 높이는 데 중요한 역할을 한다. 하지만 그것이 전부가 되어서는 근본적인 문제를 해결할 수 없다. 그렇게 뭣이 중헌지도 모른 채 나름대로의 자존감을 유지하던 20대 후반, 일이 터졌다.

나를 미워하던 밤

A를 만날 때의 일이다. 그와의 관계가 끝나갈 무렵 나의 정신 상태는 엉망이었다. 그는 내가 고기를 먹으면 육식동물이냐며 핀잔을 줬고, 밥 한 그릇을 다 먹으면 한숨을 푹 쉬었다. A는 먹는 것뿐 아니라 옷 스타일에 대해서도 나를 압박했다. H라인 스커트에 하얀 블라우스, 스타킹은 비치는 커피색, 검고 앞코가 뾰족한 구두를 강요했던 그…….

우리 관계가 처음부터 이랬던 것은 아니었다. 그저 우연히 A와의 데이트에 H라인 스커트를 입었고, 예쁘다는 그의 칭찬에 조금 더 자주 그런 옷을 입기 시작했을 뿐이다. 그는 언제부터인가 이런 옷과 구두는 어떠냐며 선물했고 쇼핑에 함께 나서기도 했다. 어리석은 나는 그것이 나를 위한 일인 줄로만 알았다. 그러던 중 다이어트를 해야겠단 말에 A가 눈을 빛내며 말했던 "내가 도와줄게"는 "조금만 먹자"를 거쳐 '육식동물' 발언으로 서서히 진화했다. A는 나를 가르쳐야 하는 대상으로 봤다. 자주 덜렁거리던 나에게 그가 던진 조언 중 틀린 말은 없었기에 반박할 수 없었고, 시간이 흐를수록 나는 생각 없고 비효율적이며 비합리적인 사람이 되었다. 그때 당한 것이 요즘 흔히 말하는 '가스라이팅'이란 사실을 알게 된 건 너무 먼 미래의 일이었다.

이런 말도 안 되는 만남을 이어가던 어느 날, 나 홀로 파리로 휴가를 떠나게 됐다. A는 함께 갈 수 없는 상황이라 나에게만 집중해 계획을 세웠다. 여행 기간은 약 2주. 파리에 머물며 근교를 돌아다니기로 했다. 파리를 친숙한 도시로 만드는 것, 마치 살아본 듯한 기분을 느끼는 것이 목표였기에 여행 정보 책자 대신 에세이를 읽으며 일정을 짰다. 그리고 계획을 전해 들은 그…….

"넌 정말 비효율적으로 판단한다."

"내가 뭘?"

"살면서 해외를 나가면 얼마나 나간다고……. 2주나 시간이 있으면 여러 나라를 돌아다녀봐야지!"

"아~ 나는 여러 곳을 가보는 것보다 한 곳을 온전히 즐기는 걸 더 좋아하니까 괜찮아."

"하아. 네가 잘 몰라서 그래. 누가 2주를 그렇게 가."

그날 이후로 통화를 할 때마다 그는 내가 얼마나 바보 같은 결정을 했는지에 대해 이야기했다. 아무리 생각해도 이 결정은 비효율의 극치라는 것이다. 결국 버티다 못한 나는 한 발 물러나기로 했다.

"알았어. 좋은 걸 보여주고 싶어 하는 마음에 이런다고 생각하고 딱 한 곳만 더 다녀올게. 어딜 갈까?"

"음…… 그러면 로마가 좋겠네."

기왕 이렇게 된 거 계획 수정이다. 파리 인 아웃을 예정했던 나는 중간에 로마를 다녀오고 마지막 이틀은 파리에 모든 것을 쏟아 붓기로 했다. 초반의 파리는 한인 민박에서 지내며 돈을 아끼고, 마지막 이틀은 신혼부부가 간다는 에펠탑이 보이는 호텔에서 여유를 만끽하는 것이다. 호텔에만 있으면 아쉬우니 고급 레스토랑과 파리 유람선으로 여행을 마무리하자. 갑작스러운 계획 변화였으나 마음에 들었다. 여행이 기다려졌다.

A와는 파리로 떠나기 일주일 전 헤어졌다. 정확한 내용은 기억나지 않지만 통화를 하며 어김없이 나를 깎아내리는 그에게 물었다.

"나를 사랑하기는 해?"

침묵이 이어졌다. 허무했다. 그의 모든 말이 나를 사랑해서 하는 것이라 착각했던 스스로에게 화가 났다. 더 어이가 없었던 것은 막상 헤어지긴 싫었던 그가 나를 잡겠다며 꺼낸 말이었다.

"사실은 네가 사람은 괜찮은데 뚱뚱하고 스타일도 내 취향이 아니라 사귀는 걸 고민하다가 만나면서 바꿔야겠다 생각했거든……. 그래서 그렇게 행동한 거야. 어쩔 수 없었어."

그러곤 헤어지지 말자는 이야기를 이어나갔으나 당연히 전혀 들어오지 않았다. 대체 저 문장 어디의 어떤 포인트에서 내가 마음을 돌릴 거라 생각했단 말인가. 그는 자신이 무엇을 잘못하고 있는지에 대해 아무것도 모르고 있었고, 덕분에 이별을 결정하는 건 매우 쉬웠다. 그렇게 그와 헤어지고 파리로 떠난 나는 먼 이국땅에서 중요한 사실을 깨달았다. 그가 나를 바닥으로 끌어내렸다는 사실.

　　여행이란 참 변수가 많은 여정이다. 우리는 기차를 놓치거나 날씨로 인해 원하던 것을 어쩔 수 없이 포기하기도 한다. 하지만 그 어긋남 덕분에 예상치 못한 아름다움을 마주하고 미래의 술자리에서 이를 안줏거리 삼아 풍성한 대화를 나눌 수도 있다. 파리의 열기구를 놓쳤던 날, 지금이라면 그저 웃으며 새로운 계획을 세웠을 정도의 별일이 아니었던 그날, A가 했던 방식과 똑같이 나 자신을 혼내는 스스로를 발견했다. 너는 애가 왜 그렇게 계획성이 없니. 조금만 더 알아봤으면 됐잖아. 시간 낭비나 하고, 덜렁대고. 뭐 하나 제대로 하는 게 없어.

한심해.

여기까지 생각이 미쳤을 때 소름이 돋고 눈물이 쏟아졌다. 어쩌다가 스스로를 이렇게까지 사랑하지 않는 사람이 된 걸까. 나마저 나를 이렇게 몰아세우고 미워하다니, 이 커다란 우주에서 어떤 존재에게도 사랑받지 못할 거란 공포가 덮쳐왔다. 울음은 점점 커져 꺼억꺼억 소리로 변했다. 파리 지하철 의자에 앉아 오열하는 나를 파리지앵들이 힐끔거리며 지나갔다. 그들에게 매우 어려 보였을 동양 여자의 눈물은 목적지에 도착할 때까지 그치지 않았다.

지하철에서 오열한 다음 날, 착잡한 마음으로 A가 종용한 로마에 도착했다. 거리를 걸으며 헛웃음이 나왔다. 도시의 모든 곳이 공사 중이었다. 콜로세움은 아예 들어갈 수 없었고 외관도 공사 천막으로 군데군데 가려 있었으며, 트레비 분수는 완전히 파헤쳐져 바닥이 드러난 채로 무언가를 보수하고 있었다. 당시의 여정에 어울리는 완벽한 모습이었다. 겨우 6개월 만에 A로 인해 엉망이 되어버린 나를 도시 전체가 보여주고 있었다.

다행히 좋은 일도 있었다. 태어나 처음으로 그림을 팔았으니 말이다. 당시 나는 파리와 로마를 여행하며 스케치북과 오일파스텔을 이용해 마음에 든 풍경들을 그리곤 했다. 그날도 판테온Pantheon 옆 레스토랑에서 음식을 먹으며 그림을 그리던 중이었다. 종업원이 관심을 보이며 그림을 봐도 되냐고 물었다. 완성되지 않은 중간 과정이 부끄러워 안 된다며 손사래를 쳤고, 그 모습을 유심히 지켜보던 옆 테이블의 할머니가 그림이 완성되자 말을 걸어왔다.

"스케치북을 봐도 될까요?"

우물쭈물하던 나는 그윽한 눈으로 시선을 떼지 않는 그녀에게 결국 그림을 넘겼다. 한 장 한 장 종이를 넘기며 다정한 칭찬을 아끼지 않던 그녀는 그 자리에서 그린 그림을 50유로에 구입했다. 마침 여행 경비가 떨어져 이탈리아 남부 구경을 포기하려던 찰나 딱 맞는 금액이었다. 그래, 인생에 나쁜 일만 있는 건 아니야. 로마에서도 좋은 추억을 쌓을 수 있어. 참으로 단순한 나는 지하철에서의 눈물 따윈 잊은 채 신나게 남부 여행을 떠났고, 그 돈이 아니었다면 보지 못했을 아말피Amalfi의 멋진 해변에서 여유를 잔뜩 즐기고는 파리에서의 마지막 이틀을 상상하며 공항으로 향했다. 에펠탑이 보이는 호텔과 유람선 그리고 레스토랑까지…… 여행을 완벽하게 마무리하는 거야. 벅찬 기대감과 함께 버스가 목적지에 도착했다. 그리고 나는 얼어붙었다. 맙소사, 로마 공항에 불이 났다.

불행 중 다행으로 도착한 시점은 불이 진압된 후였다. 공항은 폴리스 라인으로 둘러싸여 있었고 허용된 곳으로 겨우 들어가자 엄청난 소란이 펼쳐졌다. 로비를 가득 메운 사람들이 모두 싸우거나 화내거나 울고 있었다. 불안한 마음을 숨기지 못한 채로 긴 줄 뒤로 섰다. 마지막 파리에서의 이틀, 모든 것을 쏟아 부은 그 이틀만큼은 지켜달라며 무교의 체면을 버리고 세상 모든 신에게 기도했다. 하지만 비행 일정을 관리하는 건 신이 아닌 항공사였고, 그들은 단호하게 며칠 뒤에야 파리로 돌아갈 수 있다고 알렸다(심지어 한국행 비행기보다도 하루 늦은 날짜였다). 안 된다며 울었지만 당연히 소용없었다. 그들은 나를 준비된 호텔로 안내했다.

이런 일이 처음이었던 나는 방 안에서 짐도 풀지 않은 채 불안함에 서성거렸다. 창밖으로 보이는 수영장에는 방금 전 공항에서 화내거나 울던 사람들이 햇빛을 받으며 누워 있었다. 당신들은 어떻게 그렇게 빠르게 단념할 수 있는 거야! 당시 팀의 막내였던 나는 복귀 날짜를 맞추지 못할 거란 사실에

거의 패닉이었다. 지금 생각해보면 공항에 불이 난 건 불가항력이니 회사에서도 분명 이해해줬을 테지만 당시 심정으론 상상도 못 할 일이었다. 정신이 나간 채로 아무런 결정도 내리지 못한 채 불안감에 떨었고, 결국 밤이 늦어서야 잠이 들었다.

아침이 되고 정신이 조금 돌아오자 손해라도 줄여보고자 부랴부랴 방법을 찾았다. 하지만 돌아오는 건 파리에서의 마지막 호텔은 취소가 불가하고, 한국행 비행기의 변경 수수료만 해도 80만 원이 나온다는 깜깜한 답변이었다. 가만히 앉아 모든 것을 날릴 수 없었던 나는 팀 선배들(훗날 나와 첫 서핑을 함께한 지윤 언니와 세영 언니)의 도움으로 예약한 야간열차를 타고 파리로 향했다. 마치 설국열차의 꼬리 같았던 그곳은 아주 좁은 하나의 칸에 3층 침대가 두 개씩 있는 혼숙 칸이었다. 1층엔 무섭게 생긴 흑인 남자 두 명, 2층에는 히스패닉 여자와 그녀의 아이들이 있었는데 열차가 불편했는지 아이들은 밤새 울었고, 3층엔 나와 또 다른 동양인 여자가 캐리어를 껴안은 채로 불안감에 떨며 밤을 지새웠다. 그렇게 잠도 얼마 자지 못한 채로 파리에 도착하자마자 지체할 틈 없이 공항으로 달려야 했다. 자칫하면 한국행 비행기를 놓칠 시간이었다. 속으로 온갖 욕이 다 나왔다. XX A 네 이놈.

엄청난 금전적 손실과 함께 파리에서의 계획을 무너뜨렸던 그 사건 이후로 스스로의 자존감 레벨을 깨달았다. 이건 단순히 A와의 문제만은 아니었다. 아주 오래전부터 야금야금 갉아 먹혔던 것이 결국 무너져버린 것이다. 안타깝게도 자존감이란 건 문제를 깨달았다고 해서 쉽게 올라가지 않는다. 그날 이후로 아무 이유도 없이 혼자 우는 밤이 이어졌고, 나를 미워하거나 불쌍하게 여기던 날들을 한참 지나 마음의 바닥에 발이 닿았다. 감정을 더 소모할 힘이 없어지자 이제는 올라가야 겠단 생각이 들었다. 그리고 마침 언니들과 부산 여행을 떠나 망각의 힘으로 다시 시작한 서핑에서 희망을 발견했다.

구겨지지 않는 사람

어린 시절 한 친구가 있었다. 늘 해맑게 웃으며 밝았던 우리 반 반장. 사랑받으며 자랐다는 표현이 어울리는 그 아이와 친하진 않았지만 이상하게도 항상 눈이 갔다. 그 마음이 동경이란 걸 깨달은 건 그 친구의 아버지가 돌아가신 뒤였다. 어느 날 선생님의 호출에 불려 나간 그녀는 며칠이 지나서야 학교로 돌아왔고, 내가 헤아릴 수 없는 일을 겪고도 여전히 구겨짐 없이 맑고 상냥했다. 그 친구의 모습을 보며 깨달았다. 무슨 일이 있더라도 저런 사람이 되고 싶다고. 어떤 환경에 처했는지와 상관없이 구겨지지 않는 맑은 사람, 사랑받으며 자란 흔적이 느껴지는 바른 사람.

당시 나는 부모님의 오랜 싸움과 이혼으로 지쳐 있던 상태였지만 엇나간 선택지가 눈앞에 놓일 때마다 그 친구를 생각했다. 부모님이 본인들 삶의 문제로 바빠 우리를 돌보지 않아도, 동생과 둘이서 많은 걸 이겨냈어야 했어도 바른 사람이 되고자 노력했다. 감정을 주체하지 못해 폭발하는 날들도 있었다. 그럼에도 결국 제자리로 돌아올 수 있었던 건 구겨지지 않는 사람이란 지향점 덕분이었다. 대학 시절 "넌 참 사랑받으며 잘 자란 티가 나"라는 말을 들었을 때 얼마나 기뻤는지, 그 말을 했던 친구도 어린 시절의 그녀도 알지 못할 것이다.

　　서핑을 하다 보면 큰 파도에 말려 깊은 바다로 끌려 들어가는 일이 있다. 물속에서는 방향 감각이 상실될 수 있기 때문에 위를 확인하는 것이 중요하다. 자칫하면 바닥을 위로 착각해 더 깊은 곳으로 내려가 위험할 수 있다. 그래서 나는 통돌이※가 끝나면 눈을 떠 빛을 확인하곤 그 방향을 향해 솟아오른다. 동경했던 아이는 마치 그 빛과 같은 존재였다. 혼돈 속에서 살아갈 방향으로 이끄는 존재. 그 친구 이후로도 많은 이가 빛이

※　　큰 파도에 말리면 물속에서 빙글빙글 돌게 되는데, 그 모양이 마치 통돌이 세탁기 속의 빨래 같아 '통돌이 당한다'라고 표현한다.

되어주었고, 그들을 조금씩 동경하며 나는 내가 바라던 모습을 향해 나아갔다.

자신이 속한 세상의 범주가 커지는 건 그 안에 들어오는 이들도 다양해진다는 걸 의미한다. 그렇기에 우리는 중고등학교보다는 대학교에서, 대학교보다는 직장에서 더 다양한 종류의 사람을 마주한다. A와의 사건으로 바닥을 찍고 시작한 서핑, 그곳엔 직장보다 훨씬 다양한 종류의 사람들이 있었다. 고향도 전공도 성별도 나이도 배경도 모두 다른 사람들이 서핑을 좋아한다는 이유로 같은 바다 위에서 함께 파도를 기다렸다. 서퍼는 서로의 직업을 묻지 않는다. 딱히 중요하지 않기 때문이다. 별명으로 본인을 소개하는 경우에는 이름도 모른다. 나이는 한 번쯤 물어보지만 곧 기억에서 사라진다. 그저 오늘 파도는 어땠는지, 어떤 보드를 타고 있는지, 바다에서 무슨 일이 있었는지가 주요 관심사다.

서핑을 오래 한 사람들에게선 득도한 도인과 같은 분위기가 풍겼다. 자잘하게 일어나는 일들에는 큰 신경 쓰지 않고 흐르는 대로 두는 사람들. 자상한 사람도 무뚝뚝한 사람도 재밌는 사람도 조용한 사람도 파도를 이야기할 때면 눈이 빛났고,

바다와 자연 앞에서는 겸허했다. 그들은 내가 겪은 일은 나라는 사람을 무너뜨릴 수 없다고 알려주었다. 부드러우면서도 견고해져라 토닥였다. 우린 모든 것을 내려놓고 깔깔대며 웃었고, 악기를 연주하며 감상을 나누거나, 파도 영상을 틀어놓고 온통 바다 이야기만 나눴다. 어느 누구도 내가 살아가야 하는 방향에 대해 조언하지 않았다. 정말로 중요한 것은 굳이 문장으로 전하지 않아도 충분한 법이다. 나는 그들이 뿜어내는 빛을 따라 자존감의 수면 위로 점차 올라가기 시작했다.

당신이 어디선가 서퍼를 발견한다면 분명 알아볼 수 있을 것이다. 하얀 피부를 선호하는 한국에서 그렇게 마음 놓고(?) 새까만 사람들은 흔치 않으니 말이다. 그래도 서퍼인지 확신이 서지 않는다면 발목을 확인하면 된다. 리시를 묶고 서핑하는 덕분에 그들의 발목 한쪽엔 미처 타지 못한 하얀 살이 띠처럼 남아 있다. 서퍼 중엔 외모도 행동도 특이한 사람이 많다. 그들은 외부의 시선 따윈 생각하지 않는다. 제가 좋아하는 것으로 자기를 표현하는 것에 거침이 없다. 사회가 바라는 성공보다는 스스로 만족감을 느낄 수 있는 성취에 집중하는 사람들이다. 물론 사회가 이야기하는 성공의 기준에 부합하는 직업을 가진 이도 많다. 하지만 일반적으로 생각하는 '그 직업이라면 그래야만 하는' 모습은 아니다.

처음부터 자유로운 영혼일 필요는 없다. 서핑은 우리를 자연스럽게 그러한 방향으로 인도한다. 바다에 오랜 시간 머무를수록 겉치레는 무의미하게 느껴지고 있는 그대로가 편해진다. 사회적 기준에 잘 보이기 위해 하는 행동들의 부자연스러움은 바다와 어울리지 않는다. 파도를 통해 배운 '자연의 흐름에 따른다'라는 개념은 점점 '나라는 그대로를 인정한다'로 이어진다.

사회의 기준을 신경 쓰지 않는다는 건, 그 기준을 무시한다기보다는 오히려 더 많은 기준을 인정한다는 것에 가깝다. 그리고 이런 사고의 전환은 생각보다 큰 자유와 만족감을 선사한다. 인간은 남들과 자신을 비교할 때 불행해지곤 하는데, 기준의 다양성을 넓힌다면 비교라는 개념 자체가 무의미해지기 때문이다. '이래야만 해' 혹은 '이게 좋은 거야'라는 틀을 깨고 더 다양한 행복의 종류와 더 다양한 아름다움의 종류를 인정할 때, 나 자신의 외모와 성향을 그대로 받아들이고 현재의 나를 사랑하게 되며 이전보다 많은 타인을 포용할 수 있다.

그래, 그럴 수 있어

억수 같은 비가 내리던 밤, 친구가 집 앞에 찾아온 적 있었다. 우리는 비를 피해 근처 펍으로 향했고, 안으로 들어가는 대신 테라스에 앉아 비를 보기로 했다.

서로의 말도 잘 들리지 않을 만큼 퍼붓던 비를 바라보던 그가 말했다.

"지금이면 아무것도 들리지 않을 것 같아. 소리 질러볼래?"

무슨 청춘 영화 찍냐며 웃어넘기려는데 그가 갑자기 긴-소리를 질렀다. 그리고 그 외침은 금세 빗줄기에 묻혀 사라졌다. 바로 옆에서 지른 소리였는데도 마치 처음부터 존재하지 않는 것 같았다.

"너도 해봐. 시원해."

사뭇 진지한 그의 말에 숨을 크게 들이켰지만 몸 깊은 곳에서 출발한 소리는 혀끝에서 턱하고 막혀 나오질 않았다. 풍선에서 바람 빠지는 듯한 소리가 신음과 함께 섞여 나왔다. 어른이 된 뒤로 그렇게 큰 소리를 질러본 적 없단 걸 깨달았다. 내가 머뭇거리는 사이 그는 여러 번 소리를 질렀고 결국 나도 눈을 질끈 감고는 소리를 질렀다. 마음속에만 담아두었던 정제되지 않은 것이 쏟아졌다. 그리고 그날의 묘한 해방감은 비 오는 날 서핑을 할 때마다 떠오른다.

나는 비 오는 날의 서핑을 좋아한다. 쏟아 내리는 비를 피하거나 막지 않고 온전히 몸으로 막아내는 건 도시에서는 쉽게 할 수 없는 일이다. 도시에서는 비를 맞지 않기 위해 최선을 다한다. 바람이 불어오는 방향으로 우산을 이리저리 움직인다. 옷자락이 조금이라도 젖으면 찝찝하다. 도시에서 비를 온전히 맞는 사람은 반드시 슬픈 사연이 있어야만 할 것 같다. 비를 맞으며 제주의 골목을 뛰놀던 날들이 분명 존재했었는데, 어른이 된 뒤로 잊은 것은 소리를 지르는 일만이 아니었다. 수면 위에 앉아 파도를 기다리며 비를 맞다 보면 빗속에서 소리 지르던 그날과 비슷한 해방감을 느낀다. 억지로 막을 것도 도망칠 것도 없이 그냥 순리대로 흐르는 대로 살아도 괜찮다고 말해주는 것 같다. 비가 몸 위로 토닥토닥 떨어진다.

그래서일까, 서핑을 시작한 뒤로 '그래, 그럴 수 있어'라는 말버릇이 생겼다. 세상 모든 일은 그럴 수 있으니 그대로 두자는 생각의 흐름이 생긴 것이다. 외부의 시선과 평가에 매달리던 나에게 이 문장은 마치 마법의 주문과도 같다. 나에 대한 부정적 평가를 전해 들어 속상한 순간이 찾아와도, 그래 누군가는 그렇게 생각할 수도 있지, 한마디 툭 던지면 크게 개의치 않게 되었다. 실수를 하더라도, 누가 나를 힘들게 하더라도 그냥 그럴 수도 있다고 생각하면 어떠한 일도 더 이상 커지지 않고 흘러 지나갔다. 물론 성인군자는 아닌지라 주변 눈치를 보거나 남과 비교하는 예전 습관들이 나올 때도 있으나 그 횟수가 현저히 줄어든 것만으로도 삶의 질은 높아졌다. 타인의 칭찬에는 "에이, 아니에요" 대신 "감사합니다"라고 대답하기로 했다. 나의 생각엔 만족스럽지 않은 부분이 있더라도 타인의 눈에는 칭찬할 만한 일일 수 있다. 그럴 수 있다. 겸손과 자학은 한 끗 차이다.

어디선가 외부가 정한 기준에 맞춰 성장하는 건 '자기 계발'이지만 스스로를 돌보며 나아가는 건 '자기 관리'라는 글을 읽은 적 있다. 외부의 기준은 내가 바꿀 수 없지만, 나를 돌보는 방법은 내가 정할 수 있기에 유의미하다. 몇 년 전 '소확행'이란 말이 유행한 적 있다. 작더라도 소중한 일상의 순간을 통해 자신을 돌보는 것 역시 긍정적인 자기 관리 방법이라 생각한다. 하지만 그 소소함을 주어진 일상에서만 받아들이는 것이 아니라 능동적으로 찾아 나서는 것 또한 중요하지 않을까. 나에게 서핑이 그러했던 것처럼 스스로를 돌봄에 있어 더 많은 선택지가 생길 테니 말이다. 물론 서핑이 그에 대한 정답이라 말할 생각은 없다. 그저 내가 서핑을 찾은 것처럼 많은 사람이 자신을 돌볼 방법을 찾길 바랄 뿐이다. 그렇게 모두 함께 조금 더 행복해졌으면 좋겠다.

예상치 못한 사람에게서 '잘 지내?'라는 메시지를 받았던 날, 회사에서 나와 길을 건너고 있었다. 건너편에서 사람들이 우르르 쏟아졌다. 나를 향해 다가오는 그들을 보며 지구인 모두가 잘 지냈으면 좋겠다고 뜬금없이 전 인류적으로 생각했다. 불가능한 일이라는 걸 알면서도 가끔 그런 소망을 가진다.

나로 인해 누군가가 매일 행복할 수는 없더라도, 힘든 날이면 조금이라도 위안을 줄 수 있길 바라곤 한다.

괴로워하는 친구를 위로하던 밤, 어떤 말을 하더라도 마음을 전하거나 그녀를 다독이기에 충분하지 못함에 속상해했었다. 카피라이터라는 인간이 이렇게도 진부한 단어와 문장만을 가지고 있다니……. 어쩌면 필요한 말은 내 속에 없을지도 모른다. 하지만 나의 비어 있음과 상관없이 친구는 행복하길 기도했다. 두서없이 글을 쓰는 이 순간도 그때와 같은 마음을 담고 있다. 오지랖이란 걸 알면서도 과거의 내가 마음의 바닥에서 빛을 찾기 위해 수많은 책을 뒤졌던 것처럼 누군가 이 글을 읽고 있을 거라 생각하면 뭐라도 도움이 될 문장을 쓰고 싶다. 자기 과신일지도 모르지만 누군가를 수면 위로 안내할 수 있는 일말의 가능성이라도 있다면 매달려보는 것이 나의 천성이다.

자존감이 낮았던 시절 내가 주로 회상하던 과거는 구체적인 가난과 엄마와 아빠가 싸우던 순간, 그 사이에서 울던 동생과 나의 모습이었다. 그 과거가 지금의 못난 나를 만든 것 같다며, 바꿀 수도 없는 그 시간에 집착하며 울었다. 하지만 오늘

날 내가 회상하는 과거는 서른 명이 넘는 가족끼리의 왁자지껄한 식사 시간, 이모와 이모부가 내어준 따스한 안식처, 기억을 나누며 함께 성장한 동생, 올바른 생각을 실천하는 귀여운 아빠와 자유로운 영혼인 엉뚱한 엄마와의 시간이다. 그 시간들이 내가 좋아하는 지금의 나를 만들어준 것 같아 감사하다.

사람의 인생이란 참으로 복합적이다. 인생 전체를 불행하다고도 행복하다고도 말할 수 없이 다양한 사건이 동시에 일어난다. 결국 나를 지배하는 기억이란 취사선택이 아닐까. 그리고 그 선택은 내가 주로 시간을 보내는 환경의 영향을 받는다. 나를 괴롭게 하는 것이 있다면 그것에서 가능한 한 멀리 떨어진 장소를 찾아 시간을 보내야 한다. 나에겐 바다가 그런 곳이었고, 덕분에 따스했던 기억을 떠올리며 행복이란 감정을 선택할 수 있었다. 내가 바다에서 느낀 다정이 모두에게 전해졌으면 좋겠다.

진심으로 당신이 행복하면 좋겠다.

좋은 파도를 보는 눈

    자존감의 역사를 되짚어보면 연애와 관련된 것이 참으로 많다. 연인 때문에 자존감이 낮아지기도 했고, 낮아진 자존감으로 수많은 연애에 실패하기도 했으니 말이다. 소위 나쁜 남자에게 끌렸던 나는 언제나 상대방에게 애정을 갈구했다. 나를 좋아하는 사람보다 내가 좋아하는 사람을 만났고, 그도 나를 사랑하길 바랐으나 결국 상처만 남았다. 당시엔 친구들과 함께 "그놈이 나쁜 놈이었어!" 욕하고 마음을 다독였지만 분명 나에게도 문제가 있었다.

    미국의 대표적인 드래그 퀸* 루폴은 본인이 진행하는 예능 프로그램 「루폴의 드래그 레이스」를 마칠 때마다 이런 말을 한다.

"If you can't love yourself how in the hell you gonna love somebody else(자신을 사랑할 수 없다면 어떻게 다른 사람을 사랑할 수 있겠어요)!"

자신을 사랑하는 단계가 완전히 이뤄지지 않는다면 타인과의 관계를 맺는 건 당연히 어려울 수밖에 없다. 어찌어찌 관계를 맺는다고 해도 모래 위에 지어진 성일 뿐이고 언제든 무너지게 마련이다. 과거의 연인 중 누군가는 정말 나쁜 남자였을지도 모르지만 나 역시 스스로를 그런 취급을 받도록 방관해서는 안 됐다. 나 스스로에 대한 사랑과 믿음이 견고했다면 상대의 모든 행동에 의미를 부여하거나 매달리지 않았을 것이다. 어쩌면 얕은 사탕발림에 넘어가지 않고 애초에 만남을 시작하지도 않았겠지. 나의 금사빠 성향은 사람을 좋아하는 선천적 기질에 사랑을 갈구하는 낮은 자존감이 더해져 생겨난 것이 분명했다.

서핑에서 가장 기본적으로 갖춰야 하는 중요한 능력 중 하

※   drag queen, 옷차림이나 행동을 통해 과장된 여성성을 연기하는 남자.

나는 '좋은 파도를 보는 눈'이다. 좋은 파도라는 건 그 파도 자체의 퀄리티를 말하는 것일 수도 있지만, '형태나 사이즈가 현재 나의 위치와 거리를 고려했을 때 쉽게 잡을 수 있으며 즐겁고 길게 탈 수 있는 파도인가'를 뜻하기도 한다. '좋은'보다 '알맞은'이 더 어울리는 표현이겠다. 이전의 연애 상대들은 나에게 알맞지 않은 사람들이었다. 연애라는 것이 나와 맞는 사람을 찾는 과정이니 크게 억울할 것까진 없다만 그 어울림을 알아보는 눈이 있었다면 시행착오를 줄일 수 있지 않았을까. 파도 하나를 타더라도 유심히 살펴보고 시도하는 것처럼 말이다.

서핑을 시작하고 자존감이 나름 높아진 뒤에도 연애는 쉽지 않았다. 무교인 나는 서핑 덕분에 '전도'라는 개념을 처음으로 이해하게 되었다. 나를 구원한 이 엄청난 경험을 사랑하는 사람들에게 권유하고 싶은 마음, 그들도 내가 마주한 아름다움을 경험하고 나아가길 바라는 마음. 어쩌면 당연한 생각의 흐름이자 순수한 선의다. 하지만 관계에서 '선의'는 경계해야 하는 단어다. 사람들은 종종 '선의'란 단어에 숨어 폭력을 휘두른다. 누구나 한 번쯤 들어보았을 대표적인 문장으로 '너 잘되라고 하는 소리'가 있다. 나 역시 선의라는 욕망에 휘둘려

상대가 바라지 않는 전도를 하게 될까 두려운 마음이 들었기에 연애를 한다면 그 상대는 서퍼이길 바랐다. 물론 주말마다 수많은 서퍼와 바다에서 시간을 보내다 보니 바라던 불꽃이 일어난 적도 있다. 그러나 안정적인 만남으로 이어지는 경우는 없었다. 즉흥적인 감정만을 소모하다가 다시 친구로 지내는 것을 선택하기를 반복했다. "물가의 남자들은 믿을 수 없어"라는 말을 내뱉었지만 어느새 나도 물가의 여자가 되었으니 누워서 침 뱉기였다.

결국 나의 바람과는 달리 과거의 연인은 모두 비非서퍼였다. 그리고 그들과의 만남은 여섯 달을 넘기지 못했다. 서로가 바빠 주중에는 전혀 만나지 못하다 보니, 모든 주말마다 바다로 향할 수는 없는 노릇이었다. 비록 서핑의 횟수는 줄었으나 그들에게 많은 마음을 주었다. 언제나 진심이었다. 만남을 지속하다 보면 함께 바다로 가는 날이 올 거란 희망을 놓지 않았다. 그리고 단 한 번도 그런 일은 일어나지 않았다.

연인과 헤어지면 어김없이 파도가 있는 바다로 향했다. 바다는 언제나 변함없는 모양으로 나를 안아주었다. 그 위에 앉아 파도를 기다리며 펑펑 울기도 하고 양양의 밤에 흥건하게 취해 스톤피쉬에서 진상을 부렸다. 내가 마음을 줬던 남자들은 파도와 비슷한 면이 많았다. 그가 제멋대로 몰아치면 서핑보드도 아닌 나뭇조각 같은 것에 매달려 겨우 버텼다. 허우적거리며 나오고 싶다가도 머물고 싶었다. 그들이 너무 좋아 자꾸 나를 꾸며내며 나답지 않은 행동을 반복했다. 그들은 쿨하고 멋진 연애를 원했을 수도 있겠지만, 난 좋아하는 마음을 감추는 법 따위 알지 못했다.

그러던 어느 날, 어김없이(……) 누군가와 이별하던 순간 처음으로 상대에게 화가 났다. 이전까지의 이별과는 다른 감정이 들었다. 헤어지는 순간마저도 미움받기 싫어 쿨한 척 보냈던 과거와는 달리, 그가 속삭였던 약속의 문장들에 배신감을 느꼈다. 나처럼 괜찮은 사람을 알아보지 못하고 소중하게 대하지 않는 행동에 화가 났다. 그리고 처음으로 마음에 있던 모든 생각과 감정을 쏟으며 이별했다. 눈물도 나지 않았다. 오히려 후련했다. 단순히 한 사람과의 인연을 끊어낸 것 이상의 후련함이었다. 과거의 모든 연애와 그 안에서 허우적거리던 나와 이별하는 순간이었다.

그리고 지금의 연인, 기수를 만났다. 나에게 땅에 발을 딛고 사는 기분을 알게 해준 사람.

사랑의 조건

3년 전 귤꽃 피던 5월, 동생과 함께 '계절창고'라는 공간을 열었던 적 있다. 제주의 사계절을 우리의 방식대로 기록하기 위해, 매 계절마다 동생은 춤을 췄고 나는 그것을 사진으로 담아 아빠의 귤밭 창고에서 전시와 퍼포먼스를 진행하는 프로젝트였다. 우리는 창고를 청소하고 귤밭에서 쓰던 팔레트를 벽에 세워 사진을 걸고 조명을 다는 등 모든 작업을 직접 진행했다. 딸들의 신난 얼굴을 외면할 수 없었던 아빠는 프로젝트의 세 번째 멤버가 되었고, 귤 농사를 짓는 농부의 솜씨는 전시장을 만들기에 더할 나위 없이 완벽했다. 그는 우리의 모든 고민에 대한 답을 가지고 있었다. 우리가 우리의 생각을 현실 세계로 가져올 수 있도록 돕는 지혜와 기술을 지니고 있었다. 그가 손을 움직일 때마다 공간이 뚝딱뚝딱 태어났다.

전시 준비가 마무리됐을 무렵, 계획을 들은 사쿠가 디제잉을 해주겠다 나섰다. 같은 동네에서 자라고 같은 초등학교를 다녔으나 서핑을 시작한 후에야 알게 된 그는, 잘 다니던 은행을 그만두고 서퍼이자 디제이로 전향한 참이었다. 전시에 파티까지 함께라니 완벽하다 싶었다. 생애 처음으로 주최하는 파티라 기대감이 최고조로 올랐다. 협찬을 받아 맥주도 양껏 준비했고, 운전자를 위한 음료도 준비했다. 손등에 찍을 출입 도장도 만들었고 SNS에 홍보 글도 올렸다. 전시를 진행하는 다섯 날 중 그날이 가장 기다려졌다.

결론부터 말하자면, '창고 문이 닫히면 열리는 디제잉 파티'라는 이름의 야심 찬 행사는 '알고 보니 주인장이 놀고 싶어 연 파티'로 아쉽게 끝나버렸다. 아빠의 귤밭은 산중에 있기 때문에 손님 모두 차를 끌고 온다는 사실을 우습게 본 것이 패인이었다. 운전자를 두고 술에 마음껏 취할 수 있는 동승자는 생각보다 많지 않았고, 손님들은 초대받지 않은 파티에 도착한 사람처럼 쭈뼛거렸다. 경직된 몸짓 사이에서 분위기를 살

려야 한다는 주인장의 의무감으로 나는 미친 듯 춤을 추며 괜히 소리를 지르고 사람들을 붙잡고 웃었다. 나의 처절한 노력을 보며 심지어 숙연함까지 느꼈다는 웃지 못할 그날, 기수를 처음 알게 되었다.

당시 파티에는 사쿠가 초대한 제주의 서퍼가 꽤 많았고 기수의 일행도 그중 하나였다. 그들은 서핑 보드를 만드는 일을 하고 있었는데, 천만다행으로 작업이 늦게 끝나는 바람에 나의 숙연한 꼴은 보지 못한 채로 애프터 파티가 열린 펍에 도착했다. 나는 창고에서의 한을 풀 듯 술을 신나게 마시고 있던 중이라, 그들이 말을 걸기 전까지는 온 줄도 모르고 있었다.

"저기…… 혹시 작가님이세요?"

화장실에서 돌아오던 길, 시끌벅적한 서퍼들 사이 홀로 조용한 테이블에서 나를 불렀다. 원래의 자리 대신 그곳에 앉은 나는 모든 일정이 끝날 때까지 그들과 함께 시간을 보냈다. 대화가 꽤 즐거웠던 모양이다. 그 와중에도 기수는 정말 묵묵히 말이 없었다. 젊은 날의 아빠를 닮은 엄청난 수염이 인상적인 그는 만취한 나를 덤덤하게 챙겼으나, 그의 무뚝뚝함이 무서워 그가 나를 싫어하는 줄로만 알았다.

그렇게 친구로 시작한 우리는 함께 서핑을 하며 서로를 알아갔고 결국 연인이 되었다. 그리고 이전에 없었던 안정적 관계를 이어나가는 중이다. 그와 나는 대화가 끊이지 않는다. 보통은 내가 재잘재잘거리고 기수는 듣는 쪽이지만 그가 좋아하는 서핑, 농구, 커피 그리고 보드 제작에 대한 이야기가 나오면 눈을 반짝이며 쉬지 않고 이야길 이어간다. 본인을 '설명충'이라며 탓하지만 커다란 수염을 달고 재잘거리는 기수는 꽤 귀엽다.

내가 육지로 돌아가야 하는 날, 그가 나를 제주 집 앞에 데려다주면 우린 한참을 차에 남아 긴 작별 인사를 나눈다. 가끔은 무슨 이야기를 나누다가 꼬옥 껴안는데 재잘거리지 않아도 알 수 있는 깊은 애정이 느껴진다. 그리고 그때의 감정은 그가 없는 서울에서 걷거나 앉아 있거나 누워 있거나 커피를 마실 때 문득문득 떠오르고 마음이 따스해진다. 요즘의 나는 운동을 하고 건강을 챙기고 글을 쓰며 건전한 생활을 지속 중이다. 마음에 큰 불안이나 흔들림이 없다. 기수가 주는 안정감은 생활을 영위하는 데도 영향을 준다. 나를 애정하고 내가 애정하는 이가 변함없이 있어준다는 사실은 나를 충만한 사람으로 만들어준다.

그와 함께 있으면 세상은 선명해지고, 작은 일상도 또렷하게 다가온다. 서로 꼭 껴안은 채로 누워 있을 때면 그가 잠드는 순간이 느껴진다. 손가락 끝부터 어깻죽지, 등, 배, 넓적다리, 무릎, 발끝까지 작은 근육들이 움찔거리는 것이 마치 몸 안에서 무엇인가가 점호를 돌고 있거나 기계의 전원이 차례차례 꺼지는 듯한 느낌이다. 사람은 이렇게 잠드는 거구나, 왜 지금껏 몰랐을까. 그의 움찔거림이 모두 끝나고 온전하게 잠이 들면 나도 모르게 따라서 잠이 든다. 잠이 안 온다며 징징대다가도 금방 졸음이 쏟아진다. "기수는 이렇게 이렇게 잠이 들어" 말하자 "자기도 그래"라는 답이 돌아왔다. 나는 잠드느라 정신이 없어 내가 어찌 잠드는지는 알지 못했다.

그가 쉬는 날엔 새벽부터 함께 서핑하고 잔디밭에 드러누워 낮잠을 자다가, 맛있는 밥을 먹고, 차를 마시고, 다시 서핑하고, 저녁을 먹으며 한잔하는 그런 완벽한 하루를 보낸다. 서핑이 마음대로 되지 않는 날 내가 속상함을 주체하지 못하면 그는 조용히 나를 바다 밖으로 데려가 달콤한 것을 먹이며 다독인다. 그러고 다시 바다에 들어가면 신기하게도 다시 웃으며 파도를 타게 된다. 우리는 바다에서 항상 서로를 찾는다. 서로의 안전을 챙기고 서로의 파도를 지켜보고 서로의 서핑

© 썸머서프클럽 @summer_surfclip_

을 응원한다. 내가 어떤 충동을 부려도 앞에 있는 이가 흔들리지 않으면 나도 제자리로 돌아오는 것이 어렵지 않다.

우리가 안정적일 수 있는 건 서로가 좋은 사람이 될 수 있는 적절한 시기에 만났기 때문이다. 나도 그도 스스로를 꾸며내지 않는다. 바다에서와 같이 어느 곳에 있더라도 각자의 모습 그대로를 서로에게 전한다. 자존감을 완전히 회복하며 스스로의 소중함을 깨달았던 순간, 그런 나를 알아보고 인정하는 사람을 만난 것이다. 지금 우리의 연애에 누가 누구를 더 좋아하는지에 대한 개념은 존재하지 않는다. 그저 서로가 서로를 사랑하고 있단 사실을 믿고 아낌없이 표현하고 있을 뿐이다. 나를 사랑하게 되자 남을 사랑할 준비가 되었고, 그렇게 나를 사랑하는 사람을 만났다.

아침 8시를 조금 넘긴 시간, 라인업에 앉아 서쪽에 걸려 있는
달을 보았다. 아침인데 아직도 하늘에 있구나……. 그리고
보니 해는 등장도 퇴장도 모두 또렷한데, 달은 햇빛에 가려
그 모습을 볼 수가 없다. 아무도 월출이나 월몰이란 말을
쓰지 않는다. 그렇게 달은 하늘에 문득 떠 있다. 여기까지
생각이 흘러간 나는, 뒤를 덮쳐오는 2.4미터 파도를
눈치채지 못하며 달의 기분을 생각했다. 어쩌면 외로울지도
모를 달의 기분을.
몇 개의 파도에 휩쓸리고 타고를 반복하자, 어느새 달은
사라지고 쏟아지는 햇빛에 바다가 반짝거린다. 그 눈부심에
잔뜩 표정을 찡그리지만 파도를 지켜보는 눈은 거두지
않는다. 물결 사이로 갈매기가 둥둥 떠다닌다. 가끔 우리는
서로를 구경한다. 특히 파도가 큰 날엔, 파도가 부서지지
않는 안전한 곳에 앉아 허우적거리는 우리를 바라보곤
하는데, 여간 얄미운 게 아니다. 오늘도 어김없이 여유로운
그들을 바라보니 새들도 햇빛이 눈부실까, 해를 향해 날아갈
때는 눈부심에 혹시 눈을 감을까, 그러면 간격은 어떻게
맞추지, 새로운 잡념이 머리에 들어온다.
모두가 활발한 한낮의 바다는 라인업도 조금 소란스럽다.
라인업엔 보통 익숙한 얼굴이 많다. 오랜만에 만나면
파도를 기다리는 사이 안부를 묻거나 방금 탄 서로의
파도를 칭찬하는데, 그러다 파도가 들어오면 대화를
순식간에 단절하고 패들링을 시작한다. "그래서 내가

개한테……"까지만 이야기하곤 대화가 끊기기 일쑤며,
파도를 놓쳐 아무 일 없었다는 듯 돌아와 방금의 대화를
이어가는 것도 흔한 풍경이다.

이렇게 간헐적 대화로 가득 찬 바다에 유독 크고 좋은 파도가
들어오는 순간이 있다. 흥분한 서퍼들이 인디언처럼 소리를
지른다. 이히. 이히. 이히. 파도가 깨지는 위험한 자리에 있는
사람들은 그 소릴 듣고 먼 바다로 도망치고, 좋은 위치에
있던 사람들은 최선을 다해 파도를 잡는다. 그들이 멋진
파도를 잡으면 지켜보던 이들이 인디언처럼 소리를 지르며
환호한다.

"오늘의 파도야! 이히. 이히. 이히."

엄밀히 따지면 서핑이란 행위 자체에 타인은 필요하지
않다. 파도를 타기 위해 필요한 건 나 자신과 보드 그리고
파도뿐이며, 하나의 파도엔 한 명의 서퍼만이 탈 수 있기에
바다에 홀로 떠 있는 것이 가장 이상적인 컨디션일지도
모른다.

하지만 아무도 없는 바다에서 서핑하는 모습을 상상하면
너무나 외롭다. 우리에겐 서로의 파도를 이히. 이히. 해줄
존재가 필요하다. 내가 놓치지 않은 오늘의 파도를 목격하고,
칭찬하고, 밤이 찾아오면 흥분이 가득 담긴 감상을 들어줄
그럴 존재가 필요하다. 낮의 바다는 보이지 않은 서퍼의
연대감으로 더 반짝이며 빛난다.

구름 한 점 없는 하늘은 생각보다 매력적이지 않다.
물론 그 나름의 맑고 청량한 예쁨이 있지만. 나는 구름이
구석구석 자리 잡고 그 사이로 빛이 번져나갈 때,
걸음을 멈추고, 하던 일을 멈추고, 대화를 멈추고, 멍하니
하늘을 바라보게 된다.
가끔 기분에 구름이 낄 때면
구름 낀 하늘과 같다고 생각한다. 잘은 모르겠지만
더 나은 내가 될 수 있는 시간 같은 것들.

4

오늘의

파도를

잡아

바다에 있다 보면 육지에서는 몰랐던 단어를 습득하게 된다. '파도의 너울'을 뜻하는 '스웰', 지저분하게 일렁이는 '차피한 파도', '강하고 큰 파도가 만들어내는 터널'을 뜻하는 '배럴'……. 그중 내 마음을 가장 사로잡은 것은 '오늘 하루 나에게 가장 좋은 파도'를 뜻하는 '오늘의 파도'다.

앞에서 이야기했듯 좋은 파도의 정의는 어떤 관점에서 보느냐에 따라 조금씩 다르지만 일반적으로는 파도의 사이즈가 적당하고, 쉽게 잡을 수 있는 경사면에 천천히 깨져 오랜 시간 라이딩할 수 있는 파도를 말한다. 그리고 대부분은 파도를 잡기에 가장 좋은 위치에 자리 잡은 서퍼가 파도를 잡아 라이딩을 하게 된다.

　오늘의 파도란 인생에서 다가오는 좋은 기회와도 같다. 모두가 기다리고 있고, 모두가 알아채지만 이를 탈 수 있는 사람은 몇 되지 않는다. 오늘의 파도를 타기 위해선 저 멀리서 보이는 작은 일렁임에도 집중하며, 언제든 이를 잡을 수 있도록 준비가 되어야 한다. 파도를 잡은 뒤에는 파도의 모양과 힘에 맞춰 움직인다. 지구라는 무도회장에서 우리는 다시 오지 않는 춤을 추는 것만 같다. 파도가 끝난 뒤엔 짧지만 다정했던 그 시간에 대한 기쁨을 만끽한다. 그리고 다음 파도를 기다린다.

　그리스 로마 신화에 묘사된 기회의 신 카이로스의 앞머리는 덥수룩하고 무성하며 뒷머리는 대머리다. 기회라는 것이 모양이 있다면 그렇게 생겼을 것이라 다들 말한다. 하지만 나에겐 다르다. 나에게 기회는 파도와 같은 모양으로 일렁이며 다가온다.

하나의 파도엔
한 명의 서퍼

2021년 도쿄 올림픽 서핑 종목 결승전에서 송민 해설위원의 발언이 이슈가 된 적 있다.

"서핑에서 가장 많이 쓰는 말이 똑같은 파도는 절대 오지 않는다는 말입니다. 사실 좋은 파도를 고르는 것도 선수들의 역량이라고 봐야 합니다. 선수들이 이런 (파도가 좋지 않은) 상태를 불평할 필요는 없고 주어진 상황에서 최대한 열심히 해야 하죠. 이런 점이 인생과 비슷하지 않을까 싶네요."

당연한 이치이지만, 세상에 똑같은 크기와 모양의 파도란 존재할 수 없다. 태평양 어디선가 시작해 내 앞에 도착한 파도는 모두 고유하다. 그렇기에 만약 파도를 잡았다면 이 파도의

좋고 나쁨을 떠나 내가 할 수 있는 최선을 다하고자 한다. 다시 만날 수 없는 존재이자 기회이기 때문이다.

서핑에는 '하나의 파도엔, 한 명의 서퍼'란 룰이 존재한다. 파도의 가장 높은 곳, 또는 파도가 부서지기 시작하는 곳을 '피크'라 하고, 피크에 가장 가까이 있는 사람이 그 파도의 우선권을 갖게 된다. 그 밖의 사람들은 그의 파도를 뺏어 타거나 그의 라이딩을 방해해서는 안 되는데, 이를 형태에 따라 '드롭' 혹은 '스네이킹'이라 한다. 즉각 싸움이 날 수도 있는 아주 큰 잘못이다. 유일한 존재를 빼앗는 것이기 때문이다. 내가 기다리는 위치에 파도의 피크가 오면 마치 오래된 친구를 만난 것과 같은 반가운 마음으로 중얼거린다.

저건 나의 파도야!

우리는 어떻게 해야 '나의 파도'를 자주 만날 수 있을까. 서핑에서 많은 파도를 잡아 타는 사람들의 공통점은 파도를 보는 눈이 좋다는 것이다. 송민 해설위원의 말처럼 그 또한 서퍼의 역량이기에, 실력이 좋은 서퍼는 다가오는 파도의 형태와 속도를 생각하며 파도를 잡기 가장 적절한 장소로 이동해 기다린다. 파도와 나의 타이밍에 맞춰 패들을 하고 결국 그 파도는 나의 것이 된다. 그래서 서퍼는 한 장소에서 파도를 기다리지 않는다. 최적의 위치를 잡기 위해 항상 파도를 살피며 이리 저리 움직인다. 이것은 인생에서 오는 수많은 기회와 연결해도 맥락이 같다. 제자리에 앉아 있는 나에게 찾아오는 기회는 많지 않다.

나의 파도에 대한 예의

　나의 전공은 광고홍보학이다. 광고회사를 다니니까 당연한 것 아니냐고 묻는 이들이 있지만, 회사는 보다 다양한 경험과 시각에서 오는 아이디어를 원하기 때문에 광고홍보학과나 신문방송학과 출신이라고 딱히 선호하는 건 아닌 듯하다. 연극을 전공했거나 미학, 철학, 컴퓨터 공학을 전공했다는 동료들을 보면 광고회사를 다니는 광고홍보학과 출신은 조금 싱겁단 생각이 든다. 하지만 그럼에도 불구, 이 전공은 특별한 의미를 지닌다. 시작은 우연이었지만 내가 할 수 있는 모든 노력과 최선으로 끝까지 즐겼던 온전한 나의 파도이기 때문이다.

　어릴 적엔 경찰이나 군인이 되면 어떨까 생각했었다. 하지만 다리 부상을 핑계로 운동을 그만두면서 꿈꾸는 미래라는 것도 함께 사라졌다. 뭐, 딱히 반드시 하고 싶은 꿈도 아니었기에 큰 미련은 없었다. 어느 날 학교가 끝나 집으로 돌아가던 길, 학교 체육관 앞을 지나던 중 아무런 의도도 없이 스스로에게 질문을 던졌다. 10년 뒤의 나는 무엇을 하고 있을까…….체육관에서 학교 정문까지 한 발 한 발 옮기며 상상해보려 했으나 불가능한 일이었다. 대충의 윤곽도 그려지지 않는 암흑뿐이었고 나는 나의 질문에 답하지 못했다.

지향점이 사라지자 성적도 점점 떨어졌다. 오히려 운동을 하고 있을 땐 상위권에 들어 별도로 수업을 진행하는 심화반에 속했으나, 고3이 되자 선발에서 떨어지더니 성적은 점점 하락세를 그렸다. 때마침 친구들과도 문제가 있어 학교에 간다 거짓말하고 혼자 영화를 보러 다녔다. 엄마나 아빠의 차가 보이면 전봇대 뒤에 숨었다. 나도 내가 뭘 하고 있는지, 뭘 하고 싶은 건지 전혀 알 수 없었다.

그렇게 수능을 쳤다. 수능 전날 밤엔 처음 가본 친구 집에서 잤고, 별 기대도 생각도 없이 시험을 보자 성적도 딱 그만큼 나왔다. 진학 상담 날, 담임선생님은 특유의 미간 주름을 더욱 깊게 잡으며 한참 고민에 빠졌다. 한라산을 단 몇 시간

만에 오르내린다고 하시더니, 그날도 등산복 같은 걸 입고 계셨다. 깊이 파인 미간의 골이 마치 오름 몇 개를 겹쳐놓은 것과 닮았다고 생각하는데 그가 입을 열었다.

"곰탱아…… 너 만화 그리는 것도 좋아하고 책도 많이 읽고 글도 쓰고…… 광고홍보학과는 어떠냐?"

학교도 학과도 처음 들어보는 선택지였으나 흔쾌히 알았다고 했다. 마음에 안 들면 반수하지 뭐,라는 아주 가벼운 생각으로 말이다. 가족들은 반대했다. 광고홍보학과가 생소했던 어른들은 간판 만드는 걸 배우러 육지까지 갈 필요가 있냐며, 아빠 밭일을 돕거나 농협에 들어가는 것이 최고라 말했지만 제주에서 꼭 한 번쯤은 탈출하고 싶던 나에게 그런 이야기는 전혀 들어오지 않았다.

섬에서 태어난 자들에게는 필연적으로 바깥세상에 대한 동경이 있다. 뉴스로 육지의 이야길 접할 때마다 저 큰 세상이 궁금했다. 세상의 재밌는 일은 다 일어나는 것만 같은 홍대 거리, 골목마다 연극 공연이 열린다는 대학로. 무슨 연유로 젊은 예술가들은 저곳에 모여 있을까. 제주에 몇 개 없는 영화관을 가는 것이 문화생활의 전부였던 나에게 육지는 선망의 대상이었고, 부모님에게 바득바득 억지를 부려 육지의 대학으로 진학했다.

천만다행으로 광고홍보학과는 나조차 예상하지 못했던 내가 가고 싶은 미래였다. 모든 동기들이 싫어하던 수업마저 재밌을 정도였으니 제대로 적성을 찾은 것이다. 배우는 것뿐 아니라 나의 생각을 정리하고 앞에 나가 발표하는 것까지 전부 좋았다. 사람들 마음속에 감춰진 생각을 찾아내고, 그것을 공감할 수 있는 형태로 바꿔 설득하는 것. 콘텐츠적 형태를 통해 세상이 조금씩 변할 수 있단 사실도 흥미로웠다. 자연스럽게 광고인이 되고 싶단 꿈이 생기자 멈췄던 몸과 마음에 시동이 걸렸다. 지향점이 있어야만 움직이는 성격은 여전했다.

과에서 나는 이것저것 하기로 유명했다. 새벽엔 영어 학원을 다녔고, 과 부학생회장을 했으며 성적은 장학금을 조금씩 받을 만큼은 유지하면서 동시에 많은 아르바이트를 했다. 초밥집이나 호프집 알바를 하거나 기숙사 식당 설거지 알바, 강의와 강의 사이엔 도서관 사서 알바, 방학 중에는 꼭 어딘가의 회사에서 인턴을 했다. 규모가 크진 않았지만 일을 배우면서 돈도 벌 수 있고 나의 전공까지 살릴 수 있다니 마다할 이유가 없었다. 가끔 엄마나 아빠와 통화를 하면 "처음부터 큰 회사에 못 들어가. 작은 회사부터 차근차근 일해서 나중에 큰 회사 들어갈 거야. 그러니까 지금부터 큰 기대 하지 마요"라고 입버릇처럼 말했다. 진심이었다. 나도 모르게 유리 천장을 만들고는 마치 그것이 전부인 듯 굴었다. 큰 세상으로 가고 싶다며 섬에서 나왔지만 나의 세상은 여전히 작디작다는 걸 깨닫지 못했다.

"내가 아는 사람 중 프로님이 제일 에너지가 많아요."

우리 팀 막내 아진은 이 말을 자주 꺼낸다. 그럴 때마다 20대의 나를 알았다면 그녀는 기함했을지도 모르겠단 생각을 한다. 지금 돌이켜봐도 어떻게 그렇게 살았나 싶다. 앞에서 얘기한 아르바이트와 인턴으로는 넘쳐나는 에너지를 모두 쓰기에 부족했다. 수많은 대외 활동에 참여했고, 광고 공모전에도 참가했다. 사람들이 잘 모르는 대학에 다닌다는 사실이 나를 더 달리게 만들었다. 나에게도 능력이 있단 사실을 증명하고 싶었다.

그렇게 정신없이 달려 마침내 대기업 광고회사에서 인턴으로만 반년 이상의 시간을 보내게 되었다. 단기 인턴이었던 것이 공채로 이어졌고, 회사의 요청으로 다른 인턴들보다 오랜 시간 머물렀다. 인턴이 끝나자마자 신입사원 인적성 검사와 실무 면접도 통과했다. 자기소개서를 접수하기도 전부터 '꼭 지원하라'는 인사팀의 독촉 전화도 받았으니, 학교에는 이미 합격이라도 한 듯 소문이 돌았다. 감히 꿈꾸지 못했던 곳에 입사할지도 모른단 생각에 입꼬리가 자꾸 올라갔다. 그리고 최종 면접에서 불합격 통보를 받았다.

결과에 대한 속상함, 나 자신에 대한 미움, 소문에 대한 부끄러움까지 온갖 생각에 일주일은 울며 집 밖으로도 나가지 않았다. 살면서 느껴본 가장 복합적인 우울함이었다. 온몸의 눈물을 다 뽑아냈는지 더 이상 눈에서 아무것도 나오지 않던 날, 그동안 도전하고 싶었던 공모전이 머릿속에 떠올라 컴퓨터를 켰다. 지금의 회사에서 진행하던 대학생 광고 공모전으로, 현재까지도 가장 큰 규모의 공모전이다. 요강을 찾아보니 졸업을 하지 않은 상태여야 응모가 가능했다. 바로 교수님에게 전화해 졸업을 미루고 싶다 말씀드렸다.

나의 이야길 듣고 한참 침묵하던 교수님에게서 생각지도 못한 답이 돌아왔다.

"혜원아…… 그 회사가 왜 널 안 뽑은 줄 아니? 우리 학교라서 그래……. 그렇게 큰 회사에서 왜 우리 학교를 뽑겠어. 왜 욕심을 부리려고 하니. 졸업부터 하고, 차근차근 큰 회사로 옮기자. 널 위해서 하는 말이야."

"교수님, 딱 1년만요. 딱 1년만 정말 최선을 다해보고 그때
도 안 되면 교수님 말씀대로 할게요. 제발요."

실제로 당시 우리 과 출신 중 대기업 신입 공채로 입사한
전례는 없었다. 큰 광고회사를 들어가겠다며 포기하지 않고
몇 년을 매달린 선배들이 있었고, 교수님은 내가 선배들의 전
철을 밟을까 봐 걱정되셨던 것이다. 대학 내내 나를 믿고 예뻐
하셨기에 어려운 길을 가지 않길 원하셨던 걸지도 모른다. 결
국 시한부 조건으로 허락을 받은 나는 이전의 회사는 잊기로
했다. 최선을 다했지만 인연이 닿지 않는다면 그건 어쩔 수 없
는 일이니까.

그렇게 참여한 공모전에서 나는 금상을 수상했고, 칸 국제
광고제에 한국 대학생 대표로도 선발되어 아카데미를 수료했
다. 그리고 지금 회사의 인턴을 지나 신입 공채로 입사하게 되
었다. 약속한 1년 안에 일어난 일이다. 입사가 결정되자마자
부모님에 이어 바로 교수님께 전화해 소식을 알렸다. 교수님
은 매우 기뻐하셨고 나의 작은 세상이었던 유리 천장은 그날
완전히 깨졌다. 고3 담임선생님에게도 감사 인사를 하기 위해
학교를 찾아갔다. 마침 점심시간이라 소파에 누워 잠을 자던

그는 "내가 그랬나……?" 비몽사몽으로 답했고, 주변 선생님들이 "어우 쑥스러워하기는~" 하며 그를 놀렸다.

　나에게 20대로 다시 돌아가겠냐고 묻는다면 답은 단 하나다. 절대로 싫다. 정말 미련 한 톨도 남아 있지 않다. 내게 주어진 20대라는 파도에 최선을 다했고 멋진 라이딩을 끝내 다음에 올 파도를 기다리는 기분이다. 그 파도가 좋았는지 나빴는지는 중요하지 않다. 다른 파도를 탔으면 어땠을까, 하는 생각도 들지 않는다. 지나온 과정보다 열심히 살 자신이 없을 정도로 모든 것을 쏟아 나의 파도를 탔으니 그것으로 되었다. 이미 흘러간 것은 안녕히 보내야 한다. 그것이 지금 내가 타고 있는 파도에 대한 예의이기도 하다.

착실한 하루하루의 유희

하루하루는 성실하게, 인생 전체는 되는 대로.

– 이동진, 『밤은 책이다』 (위즈덤하우스, 2011)

정반대의 이야기가 공존한다는 면에서 속담은 꽤 재밌다. 예를 들어 '빛 좋은 개살구'와 '보기 좋은 떡이 먹기도 좋다', '오르지 못할 나무 쳐다도 보지 마라'와 '열 번 찍어 안 넘어가는 나무 없다'처럼 말이다. 그것은 속담이 진리가 아니라 하나의 관점이며, 상황에 따라 관점은 얼마든지 달라질 수 있다는 걸 의미한다.

파도에 대한 이야기도 마찬가지다. 똑같은 파도란 존재하

지 않기에 최선을 다해야 한다고 말하지만, 반대로 생각하면 모양만 다를 뿐 파도란 언제고 오는 법이다. 우리는 필연적으로 많은 파도를 놓치며 살아간다. 과히 속상해하거나 자책할 필요도 없다. 유일하지만 유일하지 않은 것. 이중적으로 살아가는 태도는 때때로 도움이 된다.

TV 프로그램 「알쓸신잡」 양양 편에서 김영하 소설가가 서핑에 대한 이야길 한 적 있다.

"(서퍼들은) 바다만, 파도만 생각한대요. 시간이 어떻게 흐르는지 상관 않고. 저 파도를 탈 수 있을까? 파도를 보내고, 기다리고. 떠 있는 동안 '현재'만 생각하는 거죠. (서핑을 체험해보니) 머리가 약간 텅 빈다고 할까요. 굉장히 편안하더라고요. 내가 노력한다고 좋은 파도가 오는 게 아니잖아요. 오늘 좋은 파도가 오면 감사히 타고, 이 파도 지나면 저 파도가 오는 법이죠."

파도를 대하는 서퍼들의 마음을 참으로 잘 정리한 문장들이었다. 길게 서핑을 체험하지 않았음에도 그 부분을 이해하다니, 역시는 역시다. 서핑은 많은 사람의 생각과 달리 매우 정적인 순간의 집합이며, 기다림에 대한 받아들임이 중요하다(특히 파도가 귀한 한국에선 더더욱). 나 역시 서핑 후 삶의 영

점이 현재로 잡혔고, 그로 인해 만족스러운 매일을 보내고 있다. '현재를 산다'의 의미를 '대책 없이 논다' 혹은 '내일 죽을 듯 오늘만 사는 것'으로 오해하는 분들이 종종 있어 설명하자면, 오늘 나에게 주어진 것을 잘해내고, 내일에 대한 걱정보단 오늘의 행복에 집중하는 것이라 할 수 있겠다.

나의 SNS 소개란에는 '착실한 하루하루의 유희'라는 말이 적혀 있다. 누군가 인생관을 물어보면 영화평론가 이동진 님의 문장으로 답한다.

'하루하루는 성실하게, 인생 전체는 되는 대로'.

실제로 세상에 존재하는 시간은 현재뿐이며, 과거와 미래는 관념일 뿐이란 말에 동의한다. 우리는 죽기 전까지 현재만을 살아간다. 충실한 현재가 충실한 인생의 전체를 만들 수 있는 것이다. 계속해서 잘 쓰러지는 도미노가 되는 것. 오늘의 블록을 잘 넘어뜨려 다음 블록이 잘 넘어지고 그렇게 수많은 현재를 잘 넘어뜨리는 것. 그것이 내가 인생 전체를 위해 할 수 있는 일 아닐까. 도미노의 관점으로 보면 현재라는 시간은 독립적으로 존재하지 않는다. 오늘의 내가 내일의 나에게 영향을 미칠 것임을 인지하는 것이 중요하다. 그렇게 나는 현재에 집중함과 동시에 미래에 대한 계획을 세운다. 몇 년 후의 내

모습을 생각하고 앞으로의 방향을 고민한다. 나의 모든 도미노가 쓰러졌을 때 완성된 그림이 내가 살아온 모양일 것이다.

'현재에 집중하는 삶'과 '이 파도 지나면 저 파도가 오는 법'은 맥락을 같이한다. 이 개념을 이해하기까지 참 많은 시간이 걸렸다. 지나간 파도에 집착하고, 놓친 파도를 한탄하고 후회했다. 그러다 보면 자연스럽게 나의 생각은 과거에 머물게 된다. 영원히 현재를 살 수 없다.

저건 우리 버스가 아니었던 거야

어느 날 함께 서핑하는 동생과 송정에서 해운대로 넘어가기 위해 버스를 타러 간 적 있었다. 버스정류장이 저 멀리 보일 때쯤, 타야 할 버스가 오는 걸 본 우리는 전속력으로 달렸다. 하지만 매정하게도 건널목 신호에 걸렸고 한참을 뛴 보람도 없이 버스는 떠나갔다. 우리는 마치 약속이라도 한 듯 헥헥거리며 말했다.

"괜찮아, 저건 우리 버스가 아니었던 거야."

"그래, 그리고 버스는 또 오는 거지."

겨우 버스를 놓친 별것 아닌 에피소드이지만 저 날 나는 꽤 긴 일기를 썼다. 인생으로 확대한다고 해서 무엇이 다르겠는

가. 우리가 조금 더 행복하게 사는 것의 핵심은 '최선 다하기'와 '내려놓음'의 빠른 전환일 것이다. 후회와 아쉬움이 남지 않을 만큼 최선을 다하면 의외로 내려놓기도 쉽다. 미련 없이 내려놓은 다음 다시 다음 파도와 기회를 잡기 위해 현재에 집중하고 다시 최선을 다하면 된다. 사실 이 둘은 정반대의 이야기가 아니라 하나의 흐름이다.

가끔은 내려놓는다는 것이 패배처럼 느껴질 때가 있다. 내가 못나서 혹은 약해서 포기하는 것처럼 말이다. 나는 그럴 때마다 원재와의 대화를 떠올린다. 그녀는 항상 적절한 단어를 찾아내고, 흥미로운 방식으로 문장을 완성하는 사람이다. 나를 '곧 터질 것 같은 비엔나소시지'에 빗대어 표현한 것도 원재다. 이제는 김치 공장 부사장이 되어버린 그녀가 아직 나의 회사 동료였던 시절, 퇴근 후 나의 동네로 넘어와 함께 참치를 먹은 날이 있었다. 나는 어김없이 서핑에 대한 열변을 토했고, 서핑을 경험해본 적은 없으나 다정한 그녀는 자신만의 방식으로 이해하며 반응해주었다. 거대한 파도에 휩쓸리거나 내동댕이쳐질 때면 이 선의도 악의도 없는 무소불위 자연 앞에서 인간이 얼마나 나약한 존재인지 온몸으로 깨닫는다며 한탄하는 나에게 그녀가 말했다.

"일반적인 인간관계에선 절대적으로 굴복할 수밖에 없는 관계란 존재하지 않잖아. 그래서 가끔 난 '저 사람보다 왜 잘하지 못할까' 혹은 '이기고 싶다'라는 생각에 괴로울 수 있는 것 같아. 사회에서 굴복이라는 건 상대적이기에 패배라는 개념으로 이어지게 마련이니까. 하지만 인간으로서 감히 이길 수 없는 자연을 만나 겸허히 질 수 있는 걸 배운다면, 인간관계에서 괴로운 마음이 들 때 나를 다스릴 수 있는 훈련이 될 것 같아. 참 좋네."

그날의 대화 이후, 가끔 무언가를 내려놔야 할 때, 그래서 패배감이 찾아올 때 바다에 휩쓸리는 나의 무력함을 떠올린다. 어쩔 수 없는 일이란 건 세상에 존재한다. 억지로 힘을 주고 버티는 대신 흐름을 받아들일 때 비로소 나는 수면 위로 올라올 수 있을 것이다. 그리고 다시 파도를 타기 위해 보드 위로 올라가고 팔을 젓는 것이다.

덧붙이자면, 작년 여름 원재는 몇 년에 걸친 나의 세뇌에 이끌려 서핑에 도전했다. 야심차게 유튜브를 찾아보며 지상 연습까지 했으나 물에 대한 공포심 때문에 몇 번의 도전에도 제대로 일어나지 못했다. 헝클어진 머리와 혼이 빠진 표정을 보며 어쩌면 이것이 그녀의 마지막 서핑일지도 모르겠단 생

각이 들었다. 그리고 서로 너무 바빠 연락이 뜸했던 어느 날, 이 책의 원고를 쓰고 있던 나에게 보드 위에 우뚝 서 있는 자신의 사진을 보내왔다. 사진 속 얼굴엔 두려움이 서려 있었지만, 뒤에서 행복하게 웃는 강사의 표정과 뿌듯함 가득한 그녀의 메시지를 보며 그날의 대화를 다시 떠올렸다. 굴복할 수밖에 없는 절대적 존재였던 것이 상냥하고 부드럽게 나를 태워 조화를 이루는 순간을 드디어 그녀가 느꼈다. 쉽게 빠져나오기 어려운 경험이다. 그렇게 우리는 파도를 통해 '겸허한 패배'와 '최선을 다했을 때 돌아오는 결실'을 동시에 체득하며 성장하고 있다.

노력하는 즐거움

인공 서핑장이 생길 거란 소문이 돌았다. 바다에서 깨끗한 파도가 계속해서 들어오는 것을 '공장 파도'라고 부르곤 하는데, 비유가 아니라 단어 그대로인 공장 파도가 만들어진다는 것이다. 실제로 일어날 리 없는 공상 만화 속 이야기처럼 들렸다. 그리고 몇 년 후, 시흥에 거대한 인공 서핑장이 생겼다. 이름은 웨이브 파크. 무려 세계 최대 규모다. 서퍼 커뮤니티가 들썩였다. 유명한 서퍼들은 정식 오픈을 하기 전에 초대되어 다녀왔다. 실력도 유명세도 없는 나는 그들의 SNS를 보며 부러움과 감탄을 반복할 뿐이었다.

드디어 일반인에게도 장소가 공개되는 첫날, 유난을 떨며 한걸음에 달려갔다. 안전요원의 안내에 따라 파도를 기다렸다. 우웅-거리는 거대한 기계음과 함께 수면이 일렁이기 시작했다. 자연이 바닷물을 끌어올려 파도를 만들듯, 물이 기계 안쪽으로 잔뜩 끌려 들어갔다. 그러고는 투명한 유리와 같이 맑고 매끈한 파도가 툭, 하고 태어났다. 저 멀리서부터 천천히 다가오는 자연의 파도와 달리 기계의 끝에서 갑자기 일어난 파도는 익숙하면서도 낯선 존재였다. 문명을 목격한 원시 인류가 된 기분. 조류의 흐름이나 다른 서퍼들의 라이딩 등 많은 것을 신경 써야 하는 바다와 달리 그곳에서는 내가 탈 파도에만 온전히 집중하면 됐고, 정말 오랜만에 아무런 잡념 없이 집중해서 파도를 탔던 것 같다.

깔끔하게 정제된 파도를 탄다는 사실만으로 기뻤던 우리는 얼마 지나지 않아 이것이 마냥 행복한 일이 아니란 것을 깨달았다. 파도의 일정함은 곧 서퍼에게 변명거리가 사라진다는 것을 의미했기 때문이다. 바다에서 서핑이 제대로 되지 않는 날, 우리는 가끔씩 파도 탓을 하며 정신승리를 한다(물론 파도는 아무 잘못이 없다). 파도가 너무 빨랐다거나, 두꺼웠다거나, 덤프*였다거나 작았다고 말이다. 하지만 공장 파도를 타게 되니 더 이상 숨을 곳이 없었다. 벌거벗은 사람처럼 적나라하게 드러나는 자신의 서핑 실력을 목격하게 되었다.

어떤 이들은 생명력 없는 파도에서 서퍼 홀로 존재하는 것은 진정한 서핑이 아니라고 말한다. 일정 부분 동의하지만 솔직한 심정으론 반가운 마음이 더 컸다. 어떠한 변명도 할 수 없이 현재 나의 위치를 깨달을 수 있는 것도 좋았고, 내가 좋아하는 것을 잘하기 위해 일정한 노력을 할 수 있는 것도 좋았다. 자연 속에서 함께 일렁이는 파도에게 사랑하는 마음을 느낀다면, 나를 성장하도록 변함없이 밀려오는 이 파도에게는 고마움을 느낀다. 물론 열심히 일해 번 돈으로 대가를 치르는 파도이지만, 존재하기 때문에 가능한 일이니 여전히 고맙다. 나는 이곳에서 마주치는 사람들에게서 나와 같은 희망을 발견한다. 이 시간과 노력이 쌓여 어느 날의 바다에서 더 즐겁고 행복하게 파도를 가르고 있을 자신을 꿈꾸는 마음. 마치 겨울 바다 위에서 봄날을 꿈꾸던 그때와 같다.

꙰   파도가 한 번에 깨지는 것. 파도의 면을 더 이상 달릴 수 없게 된다.

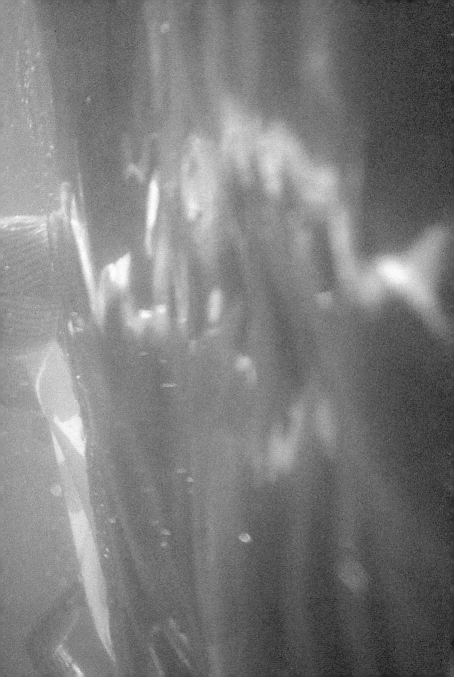

사회로부터 '즐긴다'는 마음을 강요받는단 기분이 들었던 날이 있었다. 좋아하는 것을 잘하고 싶은 마음, 그래서 속상해하고 고민하며 슬퍼할 때도 있지만 이겨내고 다시 노력하는 마음이 자꾸 "그냥 고민하지 말고 즐겨", "너는 왜 즐길 줄 모르니"라는 말들에 짓눌렸다. 그들의 입장에서는 나의 고민을 해결해주기 위해 던지는 말이었지만, 그 말을 들을 때마다 좋아하는 것을 잘하지도 못하면서 즐기지도 못하는 한심한 사람이 되는 것 같아 더 큰 슬픔으로 빠져들었다. 하지만 내가 알고 있는 가장 자유로운 사람들이 인공 파도를 타며 스스로를 단련시키는 모습들을 보며, 사람들이 무언가를 즐긴다는 행위에도 다양한 형태가 있다고 생각하니 많은 것이 괜찮아졌다. 즐긴다는 것이 곧 아무런 고민 없이 가볍게 임하는 것만을 의미함이 아니라는 것을 이제야 알게 된 것이다. 우리가 인정해야 할 다양성의 영역은 나의 지레짐작보다 훨씬 넓은 것이 분명했다.

  가끔 바다가 지니고 있는 자연의 힘이 너무 두려워 서핑을 시작하기 어렵다고 말하는 지인에게는 웨이브 파크를 추천하곤 한다. 조금 더 스스로가 안전하다고 느낄 수 있는 환경 속에서 시작하는 것이 진입 장벽을 낮출 수 있을 테니. 그리고 어느 정도 두려움이 극복된다면 꼭 바다로 나가보길 바란다. 뺨을 스치는 바람, 머리 위로 쏟아지는 하늘의 색, 계절마다 달라지는 구름의 모양, 수면 위에서 바라보는 해변의 풍경, 참 방거리는 물결, 기다리던 파도를 겨우 잡고 달려나갈 때의 희열까지, 자연만이 줄 수 있는 거대한 아름다움이 당신의 서핑을 완성할 것이다.

나는 새로이 찾은 즐거움의 개념을 서핑뿐 아니라 다른 취미나 일로도 확장해 생각하려 한다. 파도를 통해 깨달은 것들이 도시에서의 삶에도 이어진다는 건 참 재밌는 일이다. 어떠한 가치들은 같은 메시지를 품은 채로 서로 다른 곳에 다른 모양으로 존재한다. 비유와 은유를 통해 사람들 사이를 돌아다닌다. 그중 하나를 발견하면 연결된 것들이 동시에 해제되면서 삶의 전방에 사용할 수 있게 된다. 우리가 서로 다른 영역의 사람들과 교류하고 대화를 나누며 새삼 깨우쳐나가는 것도 아마 이러한 이유겠지. 서핑에 대한 나의 글이 서핑을 하지 않는 당신에게 닿길 바라는 희망도 바로 그곳에서 출발했다.

해가 선명하게 지는 서쪽보단 동쪽이나 남쪽에서의 선셋 서핑을
더 좋아한다. 진하고 적나라한 주황색으로 물드는 서쪽과 달리
분홍빛에서 시작된 하늘은 점점 파란색과 섞이며 파스텔 빛을
띠다가 보라색으로, 그리고 어둠으로 물들어간다.
파도가 너무 좋아 즐거운 날도 쉬이 바다에서 나오기가 아쉽지만,
원하는 파도를 타지 못한 날은 그 정도가 더 심하다. 하나만 더,
딱 하나만 더 타고 나가자며 버티다 보면 어느새 날은 어두워지고
파도가 식별되지 않는 순간까지 바다에서 어물쩡거리곤 한다.
지나가던 경찰차의 재촉에 나올 정도로 혼이 나간 날도 있었다.
아쉬움이 물귀신처럼 내 보드를 잡고 놓아주질 않는다.
밤이 되면 모두가 둘러앉아 손에 맥주 한 캔을 들고 오늘 파도는
어땠는지, 어떻게 해야 서핑을 더 잘할 수 있는지 등에 대해
이야기를 나눈다.
눈을 반짝이며 단 하나의 열망을 공유하는 그 시간,
가끔 인디언의 모닥불이 떠오른다고 하면 과할 수 있겠으나
정신은 유사하지 않을까. 그 모닥불에서 만나는 이들은
처음 보는 사이라도 쉽게 친해진다.
양양에서 자주 서핑을 하던 시절엔 그들과의 새로운 만남이 얼마나
즐거웠던지 밤새 술을 마시고 누군가 연주하는 노래에 맞춰
춤을 추고 웃고 떠들다가 다음 날 바다에 들어간 기억도 있다.
서퍼들의 밤엔 음악가가 꼭 필요하다.
피아노와 기타를 연주하거나 디제잉을 하는 그들이 있어
우리의 밤은 더욱 즐겁다.

1월 1일, 몇몇의 서퍼는 파도 위에서 해를 맞이한다.

해가 뜨기 전 어둑어둑한 시간부터 검은 겨울 슈트를 입은 채

각자의 보드를 들고 바다를 향하곤, 레저 법상 일출 30분 전부터

입수가 가능하기 때문에 준비를 하며 기다린다.

시간이 되면 지역 주민과 관광객의 시선을 한 몸에 받으며 바다로 뛰어들어

파도가 깨지지 않는 라인업으로 나가 동그랗게 손을 잡는다.

저 멀리 첫 해가 떠오른다.

올해에도 좋은 파도를 안전하고 즐겁게 탈 수 있길 기원하며

첨벙첨벙, 서로에게 물을 뿌린다.

5

내일을

기대하는

마음

인터뷰를 하기로 했다. 유희경 시인님의 '위트 앤 시니컬' 유튜브 채널에 올라갈 콘텐츠였다. 내가 감히 시에 대한 이야기를 나눌 수 있는 사람인지 확신할 수 없었으나, 시인과의 대화가 궁금하단 이유만으로 요청에 응해버렸다. 카피라이터의 관점에서 답하면 된다고 하니 어떻게든 될 거란 막연한 낙관도 있었던 것 같다. 약속한 날이 왔고 조금은 무책임한 발걸음으로 위트 앤 시니컬로 향했다. 혜화에 살던 시절 자주 지나쳤던 '동양서림'의 문을 열고 들어가, 안쪽의 삐걱대는 나선 계단을 오르자 어둑한 공간이 나왔다. 촬영 준비로 안은 어수선했다. 피디님, 시인님과 인사를 나누고 자리에 앉았다. 초면이었던 우리에겐 어색한 공기를 깨뜨릴 필요가 있었다.

유희경 시인님과 나를 이어준 지인에 대한 이야기를 나누던 중 피디님이 나의 유튜브 이야기를 꺼냈다. 인터뷰를 하기 전 나라는 사람에 대해 파악하는 것이 좋을 것 같아 채널을 알려드렸는데 감사하게도 모두 봐주신 모양이었다.

"혜원 님의 영상을 보며 '지느러미가 달린 사람'이란 문장을 썼어요."

그녀의 말에 지난여름 바다에서 보낸 소중한 시간들이 울컥 떠올랐다. 오래 기억하고 싶은 마음에 저 문장을 꾸욱꾸욱 힘주어 적어두었다. 나는 그녀에게 수영도 못하던 내가 지금은 그렇게 보인다니 신기할 뿐이라는 대답을 했던 것 같다. 우리는 소소한 잡담을 조금 더 나누고 곧 촬영에 들어갔다. 인터뷰는 서핑이 주는 의미에 대한 질문으로 시작되어 촬영 전 이야기를 나눴던 유튜브 영상으로 자연스럽게 흘러갔다. 서핑을 하며 본 풍경과 느껴진 감각들을 기록하기 위해 시작했다는 답변에 시인님이 말했다.

"영상의 전반적인 톤 앤 매너에서 눈부심과 동시에 곧 사그라질 것 같은 슬픔 같은 것이 느껴져 부럽기도 하고, 그것이 곧 청춘의 사라짐을 의미하는 것 같아 슬프기도 했어요."

기뻤다. 내색하진 않았지만 언제나 조금은 슬픈 마음으로 영상을 만들고 있었기 때문이다. 지금의 우리가 얼마나 찬란하고 행복한지 알고 있기에 자꾸만 기록하고 싶어 이렇게 책으로도 영상으로도 남기는 중이다. 삶의 후반으로 접어들었을 때 이런 시절을 잊지 않길 바라는 마음이다. 그리고 그런 나의 마음을 알아주는 이와 대화를 나눌 수 있다니. 보다 더 진심을 담아 인터뷰에 답하고자 최선을 다할 수밖에 없었다.

촬영이 모두 끝나고 집으로 돌아가는 길에 문득 궁금했다. 청춘이라는 시간은 과연 언제까지를 의미하는 것일까. 어렸을 때 내가 생각했던 서른다섯 살은 꽤나 나이를 먹은 어른이었지만, 막상 서른다섯이 되어보니 여전히 반짝이는 찰나의 시간들로 살아가는 중이다. 나이를 먹는 일은 30년이 넘도록 해오는 일인데 예상과 실제 모습이 맞는 법이 없다. 나는 늘 생각보다 젊고 에너지가 넘친다. 최근 목 디스크와 이런저런 신경계 문제로 고생하며 신체의 고장과 늙음은 인식하고 있으나 삶과 정신은 여전히 또렷하게 빛난다.

내가 살고 있는 오늘이 청춘이 아님을 완전히 인지하게 되는 날이 언제가 될지는 모르겠으나, 그 역시 예상대로 흘러가지 않을 테니 미루어 짐작하진 않으려 한다. 지금의 푸른 나날들을 진심으로 대하는 것만으로 충분하다. 서퍼 중엔 나이가 아무리 많아도 아이와 같은 표정을 짓는 사람이 많다. 그들의 매일은 여전히 찬란하다. 바다와 함께 시간을 보내며 깊고 푸른 마음을 간직한다면 물리적 나이와 상관없이 청춘의 푸릇함이 남을 수 있는 것은 아닐까. 나는 앞으로 어떤 삶을 살아가게 될까.

노세 놀아 젊엉 놀아

할머니가 치매에 걸린 지 꽤 오랜 시간이 흘렀다. 그리고 그 긴 시간 동안 아버지의 여섯 형제는 요일을 돌아가며 그녀를 돌보고 있다. 아빠가 너무 바쁜 날엔 내가 대신 돌본 적도 있었는데, 평생 그렇게 할머니와 가까이 지낸 것은 처음이었다. 호랑이 할머니였던 그녀는 남에게 신세지는 걸 가장 싫어하고 스스로 일하며 헤쳐나가야 직성이 풀리는 제주 여자였다. 항상 화가 나 있는 듯한 그녀가 난 늘 무서웠다.

치매 초기, 할머니는 가족이 밥을 주면 돈을 내기 시작했다. 그러다 주머니에 돈이 없는 날엔 밥을 먹을 수 없다며 거부해 가족들은 돈을 받은 척 연기를 해야 했다. 잠시 요양원에 다닐 적엔 차로 데려다주고 밥도 해주는 고마운 곳이라며 활동 시간인 텃밭 가꾸기에 진심으로 일하셨다고 한다. 노동력을 대가로 제공해야 도리라고 생각하신 모양이다. 그러나 다른 할머니, 할아버지는 요양원의 의도대로 햇살을 즐기며 유유자적 텃밭을 누볐고, 배은망덕한 그들의 모습에 분통 터진 할머니는 요양원을 보이콧하셨다. 치매로 기억은 잃어도 평생 일만 하던 버릇은 남는 건가 싶었다.

시간이 흘러 치매가 더 진행되자 그녀가 소녀처럼 웃는 일이 많아졌다. 기분 좋은 날엔 손주들에게 노래를 불러준다. 노세 노세~ 젊엉※ 놀아~ 나이 들면 못 노나니, 젊엉 청춘에 놀아나보세~ 노세 놀아~~~ 평생 일만 해오던 분이 노래를 부르며 춤을 추셨다. 노래가 밝을수록 나는 생각이 많아졌다. 나의 할머니는 왜 젊엉 청춘에 놀지 못하셨을까. 왜 그렇게 무서운 할머니여야 했을까. 젊은 나이에 우리가 해야 하는 것, 청춘의 의무란 무엇일까.

기수를 만난 뒤로 나는 대부분의 주말에 제주로 내려간다.

※　'젊어', '젊어서'의 제주 방언.

그리고 그곳에서 만난 친구들과 크루를 만들어 함께 서핑을 하고 있다. 크루의 이름은 'PAP:BLUES'. 파도를 즐기는 두근 거림pit-a-pat부터 파도를 기다리는 고독함blue까지, 제주에서 의 모든 순간을 우리만의 방식으로 즐긴다는 의미를 담았다. 나를 제외한 모든 멤버가 육지에서의 삶을 뒤로하고, 오직 서 핑을 위해 제주로 내려온 이주민이다. '좋아하는 것을 찾아 떠 난다'는, 단순하지만 쉽지 않은 결정을 내린 그들은 제주에서 마음껏 찬란하다. 가끔은 그들이 아련해 눈물이 날 것만 같다.

멤버의 구성은 다양하다. 서핑을 하겠다고 병원을 그만둔 의사부터, 서핑 보드를 수리하고 제작하는 셰이퍼, 커피에 진 심인 바리스타, 건축·인테리어 전문가와 패션 업계에서 일하 던 친구까지 나름 각자의 전문 분야가 있다. 나는 우리를 보며 루피 해적단을 떠올린다. 얼마 전 멤버 중 한 명이 드럼과 피 아노를 칠 수 있다는 사실을 알게 되었을 땐 음악가까지 채워 졌으니 항해를 시작해야겠다며 떠들어댔다. 바다로 떠나 젊 엉 청춘에 놀기에 완벽한 구성이다.

우리는 일을 하지 않는 시간엔 파도가 있는 곳을 찾아 서핑 을 하거나, 잔디밭에서 낮잠을 자고, 근처 계곡에서 수영을 하 고 또 다른 바다에서 시간을 보낸다. 수영복 위에 대충 티셔츠

와 반바지를 걸치고 천둥벌거숭이처럼 이 바다와 저 바다, 이 자연과 저 자연을 뛰어다니는 원시성이 나는 참으로 좋다. 겨울이 오면 물에 들어가는 대신 낚시를 하러 간다. 운이 좋게도 문어나 생선을 잡는 날엔 기나긴 겨울밤의 안주로 삼는다. 나는 종종 기수에게 우리가 지금보다 더 가난해지더라도 물고기를 잡아먹을 수 있을 테니 다행이라고 말한다.

제주 중문 끝자락의 조용한 예래동에 우리의 안식처가 있다. 사막에서도 파도를 꿈꾸는 사람들을 위한 공간, '쏠티브리즈'. 그곳의 사장인 기수와 태광 그리고 우리 크루가 애정을 담아 준비한 곳. 예산이 없던 우리는 직접 벽돌을 쌓고, 시멘트를 바르고, 해풍 맞은 나무를 바다에서 주워 와 테이블과 의자를 만들었다. 문은 낡은 교회에서 버리는 것을 얻어 와 갈아내 사용했고, 들판에서 풀을 베어 와 꽂고, 직접 찍은 사진을 걸었다. 디저트의 종류를 정하는 데도 수개월이 걸렸고, 커피 메뉴를 개발하는 날엔 하루에 수십 잔의 커피를 맛보느라 새벽까지 잠 못 들기도 했다. 그렇게 한참 공사와 회의를 하다가도 파도가 오면 다들 바다로 함께 뛰어가 서핑을 했다. 공간이 완성되기까지 1년이란 시간이 걸렸다.

쏠티브리즈에는 창문이 없다. 제주의 풍경을 보러 오는 이들에겐 당황스러운 점이다. 우리 공간의 앞을 지나는 사람 중 대부분은 이곳을 카페로 인지하지 못하거나, 문을 닫았다고 생각한다. 초콜릿색 나무문을 열고 들어오면 순간적으로 앞이 보이질 않는다. 내부가 너무 어둡기 때문이다. 음료를 주문하고 자리에 앉는 사이 동공이 열려 충분한 빛이 눈으로 들어오면 그때부터 우리가 자연으로부터 얻어 와 마련한 공간이 눈에 들어온다. 벽에는 파도 영상이 넘실거린다. 사람들이 전혀 새로운 세계로 입장하는 느낌을 받길 원했다. 마치 우리가 서핑을 만나 알게 된 세상처럼 말이다. 밤의 사막과도 같은 공간에 앉아 사구沙丘 너머로 존재하고 있을 바다를 꿈꾸는 것, 그 바다에서 불어오는 살랑이는 바람을 느끼는 것에는 삶 어느 순간에서도 파도에 대한 희망을 잃지 않길 바라는 마음이 담겨 있다.

쏠티브리즈는 우리가 서핑으로부터 영감을 받아 처음으로 함께한 프로젝트다. 서핑이라는 공통점만으로 모인 우리는 이를 기반으로 좋아하는 일들을 자꾸만 만들어내고 있다. 단순히 유희를 즐기는 것뿐 아니라 우리의 정신이 담긴 무언가를 창조하는 것. 다음으로 어떤 프로젝트를 할지 이야기를 나눈다. 서로가 서로에게 영감이 되어준다. 우리의 삶에 서핑 하나가 들어왔을 뿐인데 자꾸 좋아하는 일들이 꼬리를 물며 늘어간다. 우리는 서핑을 스포츠라고 부르지 않는다. 그것은 삶이고 문화이고 정신이다.

어른의 삶엔
사랑할 대상이 필요하다

가끔 회사 엘리베이터에서 사람들을 만나면 "잘 지내?" "요즘 어때, 바빠?" 같은 질문이 오가곤 한다. 서핑을 시작한 이후로 "잘 지내요", "재밌어요", "좋아요"라는 대답이 늘었는데 어떻게 그럴 수 있느냐는 의아함 혹은 실망감을 표하는 반응이 돌아오는 경우가 있어 일부러 "바빠요", "쉽지 않네요"라고 대답하기도 한다. 물론 실제로 바쁘고 힘든 날들도 있지만 괜찮은 날이 더 많다. 그저 재밌는 취미일 뿐이었던 서핑이 인생의 모든 것이 되면서 회사 생활에 임하는 마음도 환경도 변했기 때문이다.

서핑에 빠져들면서 예전보다 일에 대한 열망은 줄었으나

신기하게도 즐거움이 늘었다. 매일을 바치며 일하는 대신 집중해야 하는 순간에만 최선을 다하면서 업무의 효율도 늘었다. 점점 나와 함께 일하고 싶다는 사람도 늘었고, 고과도 좋아졌다. 일에 매달리며 살았을 땐 오지 않던 순간들이 일에게서 마음을 떨어뜨리자 찾아오기 시작했다. 서핑이 나에게 그랬던 것처럼, 일과 의도치 않은 밀당을 하면서 나는 더 즐겁게 회사를 다니고 있다.

회사가 너무 힘들어 퇴사를 주제로 팟캐스트를 시작한 사람이 있다. 기왕 퇴사를 준비하는 김에 그 과정을 공유하자는 생각에서 시작한 것인데 인기가 높아지면서 그 재미에 푹 빠졌고, 즐거움이 커질수록 회사에서의 스트레스가 사라져 지금은 퇴사 팟캐스트를 운영하며 열심히 회사를 다니는 중이라고 한다. 그 이야길 들으며 깨달았다. 어른의 삶엔 사랑할 대상이 필요하다. 그것이 나에게는 파도와 서핑이었을 뿐, 어떠한 종류의 것이라도 될 수 있다.

가끔 우리는 학생에게 조언한다. 이것저것 경험해보라고. 그래야 자신이 무엇을 좋아하는지, 하고 싶은지 혹은 할 수 있는지 알게 된다고. 사실 그건 어른들도 마찬가지다. 어른이 되었다고 지금 하고 있는 것이 인생의 전부일 필요는 없다. 자라

나는 학생들도, 회사를 다니는 직장인도, 은퇴 후의 중년들도 그리고 그 이상의 어르신도 모두 경험을 해야 한다. 더 다양한 종류의 일을 해봐야 한다. 우리는 일정한 흐름 안에서 크게 벗어나질 않으며 살고 있다. 자기가 정말 사랑하며 살아갈 삶의 조각은 어쩌면 그 바깥에 존재하고 있을지도 모른다. 그것을 찾을 때까지 우린 경험을 멈추지 말아야 한다.

나와 동생은 엄마 아빠에게 "좀 더 일찍 이혼하지 그랬어"라고 농담처럼 말하곤 한다. 말투는 가볍지만 속으론 진지하게 그랬어야 했다고 생각한다. 엄마와 아빠는 함께 있는 동안 서로가 너무 싫어서 자꾸 자신의 바닥을 내보였다. 지긋지긋한 관계와 돈을 벌어야 하는 일이 그들의 최우선 과제였기에 나와 동생은 소외될 수밖에 없었다. 하지만 이혼을 하고 시간이 지나자 두 사람은 함께일 때는 할 수 없었던 다양한 일을 경험하고, 각자의 방식으로 삶의 조각을 찾아가며 원래 자신이 가지고 있던 좋은 모습으로 돌아갔다.

엄마는 한국 무용을 배우거나 민요를 배우고, 트로트 장구를 치고, 사이클을 타고, 골프를 치고, 아무튼 본인이 할 수 있는 건 무엇이든 배운다. 새벽부터 일어나 나물을 따러 가거

나 바다로 보말을 주우러 갔다가, 낮이 되면 오름이나 수목원에서 운동을 하고, 무언가를 배우러 가고, 저녁엔 노래방 문을 연다. 잠을 얼마 자지 않고 그 수많은 것을 하면서도 전혀 지치지 않는다는 엄마를 보며 내가 누굴 닮았는지 새삼 깨닫는다. 새벽 수영이 끝나면 회사를 가고, 틈을 내어 훌라춤을 추고, 퇴근 뒤에는 글을 쓰거나 그림을 그리거나 유튜브를 편집하고, 주말이면 서핑을 하고 월요일 새벽에 서울로 넘어가 출근하는 나란 사람은 뒤구르기 하며 봐도 엄마 딸이다.

아빠는 마음이 안정될수록 외모가 멀끔해졌고, 다시 장난꾸러기가 됐으며(아재 개그의 달인이다) 이제 술도 많이 마시지 않는다. 대신 우리와 함께 전시를 준비하고 여행을 하며 아무노래 챌린지를 한다. 아빠와 전시를 준비하며 놀랐던 사실은 단 한 번도 전시 분야를 공부한 적 없는 사람이 전시가 갖춰야할 기본적 요소뿐 아니라 기획적 부분에 대한 이해도까지 매우 높다는 것이었다. 응용력도 좋아서 꽤 좋은 아이디어를 내기도 한다. 내가 기억하는 똑똑하고 현명한 아빠다. 생각이 막힐 때면 아빠에게 구구절절 늘어놓곤 하는데 그럴 때마다 내가 미처 생각하지 못한 포인트를 짚어준다. 새로운 프로젝트에 도전할 때 혹은 미래에 대한 계획을 세울 때 나는 아빠와 깊은 대화를 나누곤 한다. 그는 언제나 길을 알고 있는 것 같다. 든든하고 고마운 사람.

크루 멤버들도, 엄마도, 아빠도, 동생도, 나도 모두 젊엉 청춘에 열심히 노는 중이다. 그리고 그건 각자가 자신이 사랑할 삶의 조각을 찾은 덕분이다. 어쩌면 그것이 바로 청춘의 의무이지 않을까. 내가 할머니가 되어 노세 놀아~를 부르는 날이 왔을 때, 자식과 손주가 마음 아파하는 일은 없었으면 한다. 노세 놀아를 몸소 실천한 할머니가 되고 싶다. 나의 할머니의 몫만큼 두 배로 젊엉 청춘에 놀아버린 새까만 서퍼 할머니.

스무 살의 나를 만나

스무 살을 마무리 지을 무렵 친구 유경에게서 만나자는 연락이 왔다. 특유의 생글거리는 미소로 나를 바라보는 그녀를 보며 곰곰이 생각했다. 성인이 된 후로 그녀와 나 사이에 왕래가 얼마나 있었던가. 소문으로만 듣던 보험 권유라기엔 우린 아직 어리지 않은가. 혼란한 기색을 들키지 않기 위해 아무 근황이나 늘어놓던 중 그녀가 말했다.

"10년 뒤의 우리에게 편지를 쓰고 싶어. 그리고 서로의 편지를 교환해 잘 보관한 뒤 10년 뒤 같은 날에 다시 열어보자."

잔뜩 신난 표정으로 편지지와 펜을 꺼내는 모습을 보며 그녀가 어떤 친구였는지 새삼스레 떠올렸다. 유경이다운 등장과 유경이다운 제안이었다.

　정확히 10년 2개월 22일 후, 편지를 교환하기 위해 다시 만난 자리에서 그녀가 내민 편지를 보며 나는 새로운 당혹감에 휩싸였다. 과거의 내가 어떤 메시지를 남겼는지, 자그마한 단어도 전혀 생각나지 않았기 때문이다. 기억나는 것이라곤 10년 뒤의 나에게 글을 쓰는 것이 과연 큰 의미가 있을까라는 자조 섞인 마음. 시간이 지나도 나의 상황은 크게 바뀌지 않을 것만 같았던 막연한 짐작.

　하지만 편지와 재회한 날은 예상과 전혀 달랐다. 눈앞에 놓인 노란 봉투는 태어나 처음 보는 듯 낯설었다. 어린 시절 몇 날 며칠을 고민해 만들었던, 해와 구름이 그려진 귀여운 사인이 쓰인 것으로 보아 나에게서 온 편지가 분명했으나 완벽한 타인에게서 온 것도 분명했다. 스무 살의 내가 무슨 말을 하고 싶었는지 서른 살인 나로서는 짐작도 가지 않았다.

　예상치 못한 고백을 받은 것처럼 긴장된 마음으로 편지를 펼쳤다. 그리고 모든 내용을 읽었을 때, 나는 당장이라도 과거의 나에게 뛰어가 꼭 안아주고 싶었다. 네가 바라던 모든 것을 훨씬 뛰어넘으며 잘 살아가고 있으니 다 괜찮다고, 오늘의 나를 자랑하며 말이다. 스무 살의 나는 사진 찍는 걸 좋아하지만 카메라가 없고, 여행과 영화를 좋아하지만 돈이 없다고 슬퍼하며 10년 후엔 카메라를 들고 여행 가는 일쯤은 가벼운 사람이 되길 소망했다. 소박했구나. 그리고 그 소박했던 소망이 지금의 나로 자라났구나. 어디가 됐든 원하는 광고회사에 들어가 원하는 일을 하고 있길 바란다 적었다. 서른 살의 나는 원하는 곳에서 바라던 일을 하고 있었다. 무려 좋은 사람들과 함께 말이다. 꿈꿨던 것보다 더 꿈같은 현실이다. 가슴 찢어질 듯한 사랑도 해봤길 바란다는 문장도 있었다. 찢어지기만 했을까. 10년간 별의별 것을 다 했다. 후회하진 않지만 후회하기도 하고 그러다가 또 후회하지 않으며 부단히도 해왔다. 우리가 되어버릴 어른이, 만약 피할 수 없는 어른이라면 어린 날의 스스로를 잊지 않은 어른이길 바란다 적었다. 편지 내용을 까맣게 잊은 것이 미안했다. 스스로를 인복이 좋은 사람이라 적은 문장엔 소스라치게 놀랐다. '난 다른 건 몰라도 인복이 참 좋아'라는 건 나의 입버릇이었고, 스무 살의 나도 같은 생각을 했을 줄은 전혀 몰랐다.

편지를 읽은 뒤 우린 다시 10년 후의 자신에게 편지를 썼다. 금세 잊어버린 이전 편지와는 달리 그날의 편지는 아직도 기억에 또렷하다. 마침 인생의 큰 계획을 세운 시점이었고, 현재 그 계획을 조금씩 이뤄나가는 중이다.

바라던 대로 살아갈 확률

서른 살이 되기 전까지 나는 돈을 모으는 법이 없었다. 하고 싶은 일에 모든 돈을 쓰느라 바쁘기도 했지만 돈을 모아야 한다는 목표도 딱히 없었다. 미래의 안정감보단 당장의 유희를 더 중요하게 생각했다. 그러다가 문득 하고 싶은 일이 생겼다. 해외로 아주 긴 서핑 트립을 떠나는 것. 회사를 다니며 간간이 서핑을 하는 것이 아니라, 파도가 있는 바다에서 지내며 오로지 서핑에만 몰두한다면 얼마나 행복할까. 한국의 바다는 계절에 많은 영향을 받으니 기왕이면 파도가 끊이지 않는 곳이면 좋겠고, 나이가 들면 긴 시간 해외에서 체류하며 서핑하기가 힘들 테니 직장인 10년 차에 접어드는 서른다섯이 딱이었다. 1년 반의 서핑 트립에서 돌아와서도 새로운 시작을 할 수 있는 나이. 오늘의 유희만을 생각하던 나는 미래의 유희를 위해 예산을 짜고 돈을 모으기 시작했다. 그리고 마흔 살의 나에게 쓴 서른 살의 편지에는 나의 계획이 무사히 이뤄졌기를 바라는 염원을 담았다.

올해는 목표했던 서른다섯에 접어드는 해이다. 아무도 예상하지 못한 전 세계적 역병이 도는 바람에 계획이 살짝 미뤄졌지만 나는 꽤 제대로 준비를 진행하고 있다. 부모님에게는 계획을 세운 그해부터 기회가 날 때마다 각오를 전했다. 처음엔 귓등으로도 듣지 않던 그들은 몇 년이 지나서도 같은 이야길 듣게 되자 내가 진심이란 것을 깨달았다. 그러곤 다급하게 나를 말렸다. 남들은 들어가고 싶어 안달하는 안정적인 회사를 그만두고 왜 그래야 하냐며. 언젠가는 들을 거라 예상했던 멘트 그대로였다. 먹힐 리 없었다. 한 번쯤 서핑에 전념하여 모든 시간과 에너지를 쏟아내지 않으면 죽기 직전 후회할 것이 분명했다. 하고 싶은 일은 해야만 하는 나의 성격을 잘 알고 있던 부모님은 결국 현실을 받아들이고 내가 가게 될 나라에 대해 궁금해하거나 그곳에 놀러 올 계획을 세우고 있다.

1년 정도는 발리에서 머물고, 6개월은 하와이와 유럽, 미국을 돌아다니려 한다. 이렇게 긴 시간 동안 해외에 나가는 것은 태어나 처음이다. 서핑을 하고 훌라춤을 추며 세계 곳곳의 구름과 하늘, 바람과 햇살 그리고 바다를 온몸에 받아들일 것이다. 훌라는 내 안의 바다를 꺼내는 춤이다. 더 많은 바다를 담을수록 나의 춤도 깊어질 수 있겠지.

　기수와는 여행을 떠나기 전 결혼을 하기로 했다. 그리고 그를 한국에 남겨둔 채로 홀로 떠날 것이다. 어쩔 수 없다. 기수는 생각지 못했던 변수였다. 이렇게 안정적으로 사랑하며 평생을 함께하고 싶은 사람을 만날 줄이야. 결혼을 하자마자 1년 반이란 시간을 떠나보낸다는 것이 쉽지 않을 텐데 기수도 그의 부모님도 예전부터 하고자 했던 일이라면 가야 한다며 이해해주어 고마울 따름이다. 오히려 혼자 남을 기수에게 감정이입한 아빠가 남편을 외롭게 혼자 두고 가는 법이 어딨냐며 반대의 뜻을 보였으나, 그렇다면 여행을 다녀온 다음 결혼하겠다는 나의 말에 바로 의견을 접었다. 결혼을 하지 않은 내가 한국을 떠나 어떤 즉흥적 결정을 할지 장담할 수 없다는 걸 본능적으로 느낀 것이다. 기수는 시간이 날 때마다 여행에 잠깐씩 합류하기로 했다. 세계 어딘가의 바다에서 그와 함께 파도

를 탈 것이란 상상만으로도 마음이 벅차오른다.

이 계획을 처음 세웠을 때만 해도 나는 회사를 떠나는 것에 아무런 미련이 없을 거라고 생각했다. 분명 쿨하고 멋지게 퇴직을 선고할 거야! 그러나 예정된 시간이 다가올수록 마음이 복잡하다. 지금 하고 있는 일이나 회사가 싫어 떠나는 것이 아니라 더 좋아하는 것을 찾아 떠나는 것이기 때문에 이별이 아쉬운 것이 사실이다. 도피가 아닌 선택이라는 점에서 나의 결정에 확신을 가짐과 동시에 미련도 남는다. 게다가 기수와의 결혼을 준비하며 그동안 외면했던 안정성의 필요를 현실로 깨닫는 중이라 더욱 두렵다.

그러나 마음이 복잡할수록 머리는 명확해졌다. 나는 분명히 떠날 것이다. 앞의 이유로 떠나지 않는다면 그 후회와 아쉬움을 회사나 기수의 탓으로 돌리며 더 불행해질 거란 예감이 들었다. 남 탓을 하며 평생을 걸쳐 후회하게 되다니, 상상만으로도 끔찍하다.

여행에서 돌아온 뒤 제주에 내려가서 무엇을 하며 먹고살아야 할지 고민이라고 털어놓으면, 나를 제외한 모두가 '너는 뭐라도 잘 해먹고 잘 살 것이니 걱정이 없다'고 말한다. 내가 나를 온전히 믿는 것만이 남은 듯하다. 그렇다. 아마도 나는 지금까지 내가 그래왔던 것처럼 분명 나름의 행복을 잘 찾아낼 것이다. 우리가 불행해지는 것을 손 놓고 보지는 않을 것이다.

계획을 들은 지인이 물었다.

"대체 왜 그렇게까지 하는 거야? 굳이? 선수를 할 것도 아니잖아."

사실 세상은, 사람은 한 번쯤은 무언가를 굳이 해봐야 하는 게 아닐까. 그만큼 무언가를 열망해보고 살고 있던 곳 이상의 세계를 경험해봐야 하는 거 아닐까.

마흔 살의 내가 편지를 열어볼 순간을 상상할 때면, 인간이 바라던 대로 살아갈 확률에 대해 생각한다. 서른 살의 내가 그 행운을 지녔던 것처럼 다시 해낼 수 있을까. 아니, 어쩌면 더 나은 방향으로 가게 될지도 몰라. 스무 살의 내가 보낸 편지는 '시간이 흐른다는 것과 우리가 변한다는 것은 생각만으로도 가슴 뛰는 일'이란 문장으로 끝이 난다. 그렇게 해보자. 기쁘게 두근거리며 미래로 향해보자. 저 멀리서 다가오는, 새롭게 선택한 파도를 타보자.

라인업에 앉아 있는데 비가 후드득 내린다. 바다 위에서 맞는 비는 땅의 것과 다르다. 말 그대로 흠뻑 젖어 마치 바다도 공기도 하늘도 나도 하나가 된 것 같다. 경계 없는 물의 공간 그 어디에 떠 있는데, 자욱이 해무가 끼고 그 사이로 저 멀리 절벽 끄트머리가 삐죽 보인다. 앞뒤가 보이지 않는 해무에 휩싸인 중문에서 서핑하는 그 기분은 마치 구름 속에서 바람을 타는 것 같다. 분명 현실 세계는 아니라는 것이 나만의 정설로, 내가 가장 좋아하는 시간이다.

해무가 가득 끼었을 땐 어느 때보다 파도에 더 집중하게 된다. 자칫 정신을 놓으면 조류 때문에 멀리 흘러갈 수 있어서 해변을 확인하는 것도 잊지 않는다. 이렇게 온 정신을 다해 집중하다 보면 도시에서 나를 괴롭히던 것들이 사라진다. 뿌연 해무 속에 나는 모든 잡념을 숨겨두고 파도를 탄다. 땅으로 올라올 때면 그 생각들이 희미해져 있다. 평화로운 물의 공간이다.

비가 오는 어느 날, 어김없이 입수를 준비하는데 지나가던 분이 물었다. "비가 오는데 들어가요?" 어차피 물에 들어가면 젖을 것이니 상관없다고 말하자 마치 깨달음을 얻은 것처럼 무릎을 탁! 치고는 "재밌게 타세요" 하고 가던 걸음을 다시 옮기셨다. 가끔 비가 너무 세게 내리는 날엔 눈을 뜨기가 어렵거나, 얼굴에 떨어지는 비가 너무 아프기도 하지만 비가 내린다는 이유로는 서핑에 대한 우리의 열망을 막을 수 없는 것 같다. 어떤 날엔 이런 이야기도 듣는다. "비가 오니 서핑하기 더 좋겠네요." 음…… 비는 그러니까…… 딱히 좋지도 나쁘지도 않습니다만…….

눈이 내리는 날은 비와는 조금 다른 감정이 든다. 나에게 눈은 추위를 견디며 겨울 서핑하는 우리에게 하늘이 주는 선물처럼 다가온다. 자주 경험할 수 없는 순간이기에 더욱 특별하다. 눈이 온단 소식이 들리면 설레는 마음에 일찍부터 바다에 나간다. 눈이 소복한 아침 바다엔 바다로 향한 서퍼들의 발자국이 총총총 찍혀 있고, 돌아오는 것은 보이지 않는다. 발이 푹푹 빠지는데, 어디까지가 눈인지 모래인지 알 길이 없다. 뽀드득거리며 바다에 들어가 해변을 바라보면 하얀 세상이 내가 있는 이 바다와 전혀 다른 곳 같다. 내가 있는 곳의 땅은 파랗고 흔들거리며 하얀 눈이 눈앞을 가린다. 그리고 그 사이로 파도가 빼꼼 나를 향해 다가온다.

시작을 기억한다는 건

서핑을 하기 전까지 나는 제주를 찾지 않았다. 육지에서 할 일은 너무 많았고, 바빴고, 여유가 없었다. 하지만 섬사람의 운명인 걸까. 바다로 둘러싸인 곳에서 도망친 나는 서핑을 만나 결국 바다로 돌아갈 수밖에 없는 사람이 되었다. 꿈을 품고 육지로 떠났는데, 다시 꿈을 품고 제주로 회귀할 계획을 세우고 있다. 제주는 내가 조건을 만족할 수 있는 회사가 없기 때문에 무엇을 해서 먹고살아야 할지부터가 문제다. 그럼에도 다시 돌아가고 싶다. 기수와 함께, 크루와 함께 파도를 타고 가족과 함께 자연을 보며 젊엉 청춘에 더 즐겁게 살고 싶다. 어린 시절 사촌들과 함께하던 달맞이도 강강술래도, 날이 좋으면 찾아가던 오름도 바다도 그립다. 멀리 떠나서야 소중한 존재를 깨닫게 된다는 말을 나는 제주를 통해 체감한다. 어릴 적엔 그렇게 꿈을 찾아 떠나고 싶었는데 내가 꿈꾸던 모든 평화, 자유, 안식이 이곳에 있었다니 안데르센의 동화 「파랑새」는 환상이 아닌 현실이었다.

18세기 프랑스 철학자 드니 디드로Denis Diderot는 어느 날 친구로부터 붉은 비단 가운을 선물로 받았다. 선물이 매우 마음에 들었던 그는 자신의 낡은 책상이 이 멋진 가운과 어울리지 않다는 생각에 책상을 바꿨고, 다음엔 벽에 걸린 그림을 바꾸고 결국엔 가구와 양탄자 인테리어까지 바꾸기에 이르렀다. 가운 한 벌로 인해 서재의 모든 것이 바뀌게 된 것이다. 그는 「나의 오래된 가운을 버림으로 인한 후회」라는 에세이를 통해 이에 대한 후회를 남겼다고 한다. 고작 '가운의 노예'가 되어버렸다며 말이다.

8년 전, 나는 바다로부터 '서핑'이라는 붉은 비단 가운을 선물로 받았다. 어찌 보면 겨우 새로운 취미 하나가 생겼을 뿐이었는데, 디드로의 모든 것이 변한 것처럼 나의 가치관과 삶의 방향, 미래에 대한 계획까지 모든 것이 서핑을 중심으로 변화하고 있다. 디드로는 이를 후회했지만 나는 다르다. 나의 인생이 제자리를 찾았다는 굳은 확신이 생긴다.

코로나 시대의 모습을 예측한 사람이 있었을까. 일상은 과거가 되었고 사람들은 물리적, 정신적으로 멀어졌으며 앞으로 무슨 일이 어떻게 일어날지 아무도 장담할 수 없을 만큼 세상은 우리가 통제할 수 없는 방향으로 흘러가고 있다. 이런 흐름 속에서 우리는 어떤 자세로 살아야 할까. 구체적인 미래를 알 수 없을수록 중요한 것은 방향성이다. 변수가 생기더라도 흔들리지 않을 가치관이 담긴 방향성, 물리적인 것 이상의 정신이 담긴 것 말이다. 나에게 서핑은 하나의 방향성이다. 앞으로 세상이 어떻게 변하더라도 나의 삶은 같은 곳을 보며 앞으로 나아갈 것이라 믿는다.

처음 이 글을 쓰겠다 생각했을 땐, 파도를 타며 알게 된 감정들과 변화를 나누고 싶다는 단순한 생각뿐이었다. 하지만 그 감정들이 어디서 출발했는지, 변화는 어떻게 일어난 건지 이야기하려다 보니 예상치도 못하게 나의 삶 전반을 훑어보게 되었다. 내가 지나온 과정들이 있어서 파도의 의미가 이렇게나 크게 다가오는 걸지도 모르겠다. 써온 글을 다시 읽어보니 마치 파도를 통해 득도한 사람처럼 보이는 것 같아 민망하다. 사실은 여전히 흔들리고 아파하고 미워하고 혼란스러운 날들을 맞이한다. 단지 그 폭이 줄었고, 과거보다 안정을 더 빠르게 찾게 됐을 뿐이다.

어느 겨울, 국가대표 서퍼 조준희 님의 강의를 들은 적 있다. 해외에서 다른 프로 서퍼들을 만났을 때 그는 문득 궁금했다. 저들은 자신의 첫 서핑을 기억할까? 결국 그들을 찾아가 물었고, 돌아온 답변은 "아니오"였다. 기억이 생겨나는 시점부터 자신은 서핑을 하고 있었고, 그걸 쭉 해오는 중이라는 것이다. 조준희 서퍼는 그런 그들이 부러웠다. 저렇게 어릴 적부터 파도를 탔으니 실력이 좋을 수밖에. 나도 그랬으면 얼마나 좋았을까. 여기까지 생각이 미쳤던 그는 한 가지 사실을 깨달았다.

"서핑 문화가 들어온 지 얼마 안 되는 한국의 서퍼들은 모두 어느 정도 나이가 든 뒤에야 서핑을 하고 있죠. 그래서 다들 아쉬울 거예요. 더 일찍, 더 어릴 때부터 시작했으면 좋았을 텐데……. 하지만 저는 저 대화를 나누고 이런 생각이 들었어요. 기억조차 나지 않을 만큼 어린 시절에 서핑을 시작한 저

들은 서핑으로 인해 삶이 얼마나 변화할 수 있는지, 삶이 나를 얼마나 큰 행복으로 이끄는지 그 크기에 대해서는 모르겠구나. 우리는 모두 각자의 삶을 살다가 서핑을 만났고 그로 인해 인생에 많은 변화를 경험하고 있습니다. 그래서 이렇게 추운 겨울에도 모여 서핑에 대한 이야길 나누고 있는 거죠. 저는 더 이상 일찍 서핑을 시작하지 못한 것에 대해 아쉬워하지 않기로 했습니다. 늦게 시작했기 때문에, 첫 파도와 첫 서핑을 기억할 수 있기 때문에 지금의 삶의 변화를 더 감사하게 받아들일 수 있거든요."

파도의 시작을 기억한다는 건 나에게 찾아온 변화를 알고 있다는 걸 의미한다. 내가 파도에 대한 이야기를 하면서 삶의 모든 경험을 꺼낼 수밖에 없는 이유는 바로 여기에 있었을 것이다.

나는 인스타에도 유튜브에도 '원데이_현'이라는 닉네임을 사용하는데, 의미에 대한 질문을 종종 받는다. 단순하게는 '현혜원의 하루'가 될 수도 있고, '하루에 집중하는 삶'을 의미하기도 한다. 그리고 한 가지 더, '언젠가' 혹은 '그러던 어느 날'의 뉘앙스를 담고자 했다. 슬플 수도, 행복할 수도, 기쁠 수도,

쓸쓸할 수도, 건조할 수도, 눅눅할 수도, 덤덤할 수도, 벅찰 수도 있는 인생에 사건이 일어나는 그 어느 날 말이다. 내가 이 어감을 좋아하는 이유는 김용택 시인의 「어느 날」이란 시에 고스란히 담겨 있다.

이 글을 읽은 당신이 어느 날 파도를 타고 싶어진다면 좋겠다. 그리고 당신의 삶에도 나와 수많은 서퍼가 경험했던 것과 같은 사건과 변화들이 찾아오길 바란다. 언제일지, 당신이 누구일지는 모르지만…….

그 어느 날 파도가 있는 곳에서 우리 함께 만날 수 있길.

오늘의 파도를 잡아

초판 1쇄 인쇄 2022년 6월 10일 **초판 1쇄 발행** 2022년 6월 23일

글·사진 현혜원
펴낸이 이승현

편집1 본부장 한수미
라이프 팀장 최유연
편집 곽지희
디자인 조은덕

펴낸곳 ㈜위즈덤하우스 **출판등록** 2000년 5월 23일 제13-1071호
주소 서울특별시 마포구 양화로 19 합정오피스빌딩 17층
전화 02) 2179-5600 **홈페이지** www.wisdomhouse.co.kr

ⓒ 현혜원, 2022

ISBN 979-11-6812-347-2 03810